Le Livre de Poche Jeunesse

L'ennemi public n° 2

Anthony Horowitz

Né en 1955, Anthony Horowitz a écrit près d'une trentaine de livres pleins d'humour pour enfants et adolescents. Il a un public passionné autant en France que dans la douzaine de pays où ses histoires policières, fantastiques et d'horreur sont traduites. En Angleterre, son pays d'origine, il est également connu pour ses scénarios de séries télévisées. Les aventures d'*Alex Rider* ont été vendues à plus de treize millions d'exemplaires dans le monde.

Du même auteur :

- Alex Rider (9 tomes)
- L'île du crâne - Tome 1
- Maudit Graal - Tome 2
- Le Pouvoir des Cinq (4 tomes)
- Les frères Diamant (4 tomes)
- La Maison de Soie - Le nouveau Sherlock Holmes
- Le diable et son valet
- Satanée grand-mère !
- Signé Frédéric K. Bower
- Mortel chassé-croisé
- L'auto-stoppeur
- La photo qui tue
- Nouvelles histoires sanglantes

ANTHONY HOROWITZ

L'ennemi public n° 2

Traduit de l'anglais
par Annick Le Goyat

Illustrations :
Marc Daniau

L'édition originale de cet ouvrage a paru en langue anglaise
sous le titre :
PUBLIC ENEMY N° 2.

1

DICTÉE DE FRANÇAIS

Noël Harvey St. John Palis me déplut dès la première seconde. Les professeurs de français ont quelque chose de bizarre. Si j'en crois mon expérience, ils ont tous des pellicules, une mauvaise haleine, ou bien des noms idiots. M. Palis, lui, était affligé des trois, et si vous ajoutez à cela le fait qu'il mesurait seulement un mètre soixante-dix, qu'il avait une bedaine de buveur de bière, un Sonotone et des poils dans le cou, vous comprendrez qu'il n'ait jamais remporté un concours de beauté, et encore moins le titre de *Monsieur Univers*.

Il n'enseignait dans mon collège que depuis trois mois, si toutefois l'on peut appeler *enseigner* son usage très personnel des brimades et des sarcasmes. Quitte à être mené à la baguette, j'en apprends davantage d'une baguette de pain français. Je me souviens du premier jour où il entra dans la salle de classe, l'air important. Il ne marchait pas. Il balançait ses jambes en avant comme s'il avait oublié qu'elles étaient attachées à ses hanches. Ses pieds arrivaient les premiers, et le restant de son corps s'efforçait de les rattraper. Ce premier jour, donc, il inscrivit son nom sur le tableau noir. Du moins le dernier tronçon de son nom.

« Mon nom est Palis, dit-il. Prononcez "Pali". P-A-L-I-S. »

Chacun comprit aussitôt que nous avions tiré le mauvais numéro. Il n'était pas là depuis trente secondes qu'il avait déjà écrit, prononcé et épelé son nom. Un peu plus et il nous le ferait broder sur nos uniformes ! Dès cet instant, les choses ne firent qu'empirer. Il considérait la moindre erreur comme une insulte personnelle. Si vous épeliez mal un mot, il vous le faisait écrire cinquante fois. Si vous prononciez mal une phrase, il vous accusait de torturer la langue. Et c'est lui qui ensuite vous torturait. Tordre les oreilles était sa spécialité. Avec lui, les genres grammaticaux français devenaient un cauchemar. Les temps n'avaient jamais été plus *temps-dus*.

Après quelques mois de M. Palis, je ne pouvais

plus regarder une carte de France sans fondre en larmes.

Un mardi après-midi du dernier trimestre, la situation devint pour moi franchement critique. Le professeur nous lisait une dictée. Je me penchai en avant pour chuchoter quelque chose à un camarade. Rien de particulièrement spirituel. Je voulais juste savoir si, pour donner une dictée de français, il fallait obligatoirement être un dictateur. L'ennui, c'est que mon camarade pouffa de rire. M. Palis l'entendit. Sa tête pivota si vite dans notre direction que son Sonotone faillit tomber de son oreille. Et lui me tomba dessus.

« Oui, Simple ? dit-il.

— Oui, monsieur ? répondis-je avec un sourire innocent.

— Y a-t-il quelque chose que je devrais savoir ? Quelque chose qui nous ferait tous rire ? »

Il s'était propulsé jusqu'à moi et avait fermement saisi mon oreille gauche entre le pouce et l'index.

« Au fait, comment conjugue-t-on *rire* en français, Simple ?

— Je ne sais pas, monsieur, grimaçai-je.

— *Rire.* Verbe irrégulier. *Je ris, tu ris, il rit*... Je crois que vous feriez bien de rester en étude après la classe, Simple. Et puisque vous aimez tant rire, vous me copierez l'infinitif, les participes, le présent de l'indicatif, l'imparfait, le futur et le présent du subjonctif du verbe *rire*. C'est compris ?

— Mais, monsieur...

— Vous contestez, Simple ?

— Non, monsieur. »

Personne ne contestait avec M. Palis. Sauf si vous vouliez passer le restant de la journée à copier l'infinitif, le participe passé et autres conditionnels du verbe *contester*.

Et je me retrouvai, par un bel après-midi ensoleillé, dans une salle de classe vide, dans une école vide, en train de me bagarrer avec les complexités du dernier verbe que j'avais envie d'employer : RIRE. Une pendule cliquetait au-dessus de la porte. À quatre heures quinze, je n'avais pas encore dépassé le futur et mon propre futur ne me paraissait guère prometteur, quand la porte s'ouvrit devant Boyle et Snape.

C'étaient les dernières personnes que je m'attendais à voir. Les dernières personnes que je souhaitais voir. L'inspecteur-chef Snape de Scotland Yard et son très vilain assistant Boyle. Snape était un gros tas de viande humaine qui semblait toujours prêt à faire éclater ses vêtements, tout comme l'Incroyable Hulk. Il avait le teint rose et des yeux étroits. À côté d'un cochon en costume, il aurait fallu attendre que l'un d'eux se mette à grogner pour les différencier. Boyle était exactement tel que je me le rappelais :

une touffe de cheveux noirs permanentés sur le crâne, et une touffe de poils noirs échevelés sur le torse. Bâti comme un boxer (le pugiliste ou le chien, je ne suis pas tout à fait sûr), Boyle adorait la violence. Et il me détestait. Je n'avais que treize ans, mais il semblait s'être juré de ne pas me laisser atteindre les quatorze.

« Bon, bon, bon, murmura Snape. On se rencontre à nouveau, on dirait.

— Pincez-moi, je rêve », dis-je.

Les yeux de Boyle s'éclairèrent.

« D'accord, je vais te pincer, dit-il en avançant.

— Pas maintenant, Boyle ! l'arrêta Snape.

— Mais il a dit...

— C'était une image. »

Boyle se gratta la tête en essayant d'imaginer l'image. Snape s'assit sur le coin du bureau et ouvrit un cahier d'exercices.

« Qu'est-ce que c'est ?

— Du français, répondis-je.

— Ah oui ? Eh bien, pour moi c'est du chinois, conclut-il en reposant le cahier pour allumer une cigarette. Alors, comment vas-tu ?

— Que faites-vous ici ? » répliquai-je.

J'avais le pressentiment qu'ils n'étaient pas venus prendre des nouvelles de ma santé. Quand ces deux-là prenaient des renseignements, c'était sur des gens qui l'avaient cherché.

« Nous sommes venus te voir.

— Bon, maintenant vous m'avez vu. Alors, si vous permettez... »

Je tendis la main vers mon cartable.

« Pas si vite, mon gars. Pas si vite, m'arrêta Snape en secouant sa cendre au-dessus d'un encrier. En fait... Boyle et moi, nous nous demandions... nous avons besoin de ton aide.

— Mon aide ? »

Snape se mordit la lèvre. Visiblement, ça le gênait de me demander ça. Et je le comprenais. Après tout je n'étais qu'un gamin, et lui un gros bonnet de Scotland Yard. Son orgueil professionnel en était blessé. Boyle s'adossa au mur, la mine renfrognée. Lui, c'est moi qu'il aurait volontiers blessé.

« Tu connais Johnny Powers ? demanda Snape.

— Non. Je devrais ?

— Les journaux ont parlé de lui, en avril dernier. En première page. On venait de l'envoyer en prison. Il a écopé de quinze ans.

— C'est moche.

— Oui. Surtout qu'il n'a lui-même que quinze ans, précisa Snape en soufflant un rond de fumée. La presse l'a surnommé l'Ennemi Public N° 1, et pour une fois elle n'exagère pas. Johnny Powers a commencé jeune...

— C'est-à-dire ?

— Il a incendié son jardin d'enfants. Ensuite, il

a commis son premier vol à main armée à l'âge de huit ans, en emportant quatre caisses de Mars et une tonne de glaces à l'eau. À treize ans, Powers est devenu le chef de l'un des gangs les plus dangereux de Londres. On les appelait les Lance-Pierres... C'était de l'humour parce que, en réalité, ils utilisaient des fusils à canon scié... Un pervers, ce Johnny Powers, il avait même volé la scie pour scier le canon de son arme. »

Il y eut un long silence.

« Quel rapport avec moi ? » demandai-je.

En fait je n'avais aucune envie de l'apprendre. Mais je détestais les longs silences.

« Nous avons arrêté Johnny Powers l'année dernière, poursuivit Snape. Nous l'avons surpris en flagrant délit, au moment où il essayait de voler une fortune en manteaux de vison, dans le grand magasin Harrod's. Quand Johnny fait ses emplettes, tu es heureux s'il te laisse la boutique.

— Donc vous l'avez arrêté. Que voulez-vous de plus ?

— Nous voulons l'homme à qui il devait revendre les fourrures », répondit Snape en plongeant son mégot dans l'encrier.

Il y eut un petit grésillement. Mais peut-être le bruit venait-il de Boyle ?

« Fence, continua Boyle. L'homme qui achète et

écoule toute la marchandise volée en Angleterre, et dans presque toute l'Europe.

— Tu vois, Nick, le crime est une grande entreprise. Vols, cambriolages, détournements de fonds... Chaque année, une montagne de marchandises s'évapore. Manteaux de fourrure, chandeliers en argent, whisky écossais, matériel hi-fi japonais. Tout se vole. Et récemment nous avons compris qu'un homme avait monté une organisation, un fabuleux réseau pour tout contrôler, achat et vente.

— Vous voulez dire... comme un commerçant ?

— Tout juste. Cet homme peut être un commerçant, un banquier, n'importe qui. Il ne se salit pas les mains lui-même, mais il est en cheville avec tous les gangs d'Europe de l'Ouest. Si nous mettons la main sur lui, ce sera un désastre pour la pègre. Imagine ce qu'il pourrait nous raconter ! Mais c'est l'homme invisible. Nous ignorons à quoi il ressemble. Nous ne savons pas où il vit. Pour nous il n'est qu'un nom : Fence. Il nous le faut.

— Il nous le faut, répéta Boyle en écho.

— Oui, j'ai saisi l'idée générale. » Je me tournai vers Snape. « Pourquoi n'interrogez-vous pas Johnny Powers ? »

Snape alluma une deuxième cigarette.

« Nous l'avons interrogé. Nous lui avons même offert de réduire sa peine de moitié en échange d'un nom. Mais Powers est dingue. Il a refusé.

— Le code de l'honneur des truands, murmurai-je.

— Tu parles ! Powers vendrait sa grand-mère si ça lui faisait plaisir. D'ailleurs il l'a vendue. Maintenant elle travaille dans une mine de sel en Arabie. Mais il ne l'aurait pas vendue à un policier. Il hait la police. Jamais il ne nous dira un mot. En revanche, il pourrait glisser le nom que nous cherchons à quelqu'un de connaissance. Quelqu'un qui serait devenu copain avec lui...

— Où voulez-vous en venir ? » grognai-je.

Je commençai à me sentir mal à l'aise. D'ailleurs j'étais mal à l'aise depuis leur entrée dans cette salle de classe. Mais les pièces du jeu commençaient à s'ajuster et mon rôle se précisait peu à peu.

« Johnny Powers a quinze ans, poursuivit Snape. Trop jeune pour la prison, mais trop dangereux pour un simple centre de redressement. Aussi l'a-t-on expédié dans un quartier spécial de haute sécurité, dans la banlieue de Londres. Strangeday Hall est réservé aux jeunes délinquants. Aucun n'a plus de dix-huit ans, mais tous sont des criminels endurcis. Nous aimerions que tu ailles là-bas.

— Hé, une minute ! Je ne suis pas un criminel. Je ne suis même pas endurci. Je suis un tendre, moi. J'aime les jouets en peluche et les bandes dessinées. Je suis...

— Nous te donnerons un nouveau nom, me

coupa Snape. Une nouvelle identité. Tu partageras la cellule de Johnny Powers. Et dès que tu auras appris ce que nous voulons découvrir, nous te ferons sortir et tu te retrouveras à l'école avant même de t'en être rendu compte. »

D'une prison à une autre, en quelque sorte ! Même si j'avais pu sécher un trimestre entier, jamais je n'aurais accepté leur offre. Snape traitait Johnny Powers de dingue, mais son plan était bien plus dingue encore.

« Résumons-nous, dis-je. Vous voulez m'enfermer avec un apprenti Al Capone dans un quartier de haute sécurité d'une prison de la banlieue de Londres. Je dois me lier d'amitié avec lui, de préférence avant qu'il ne me tranche la gorge. Et je dois découvrir qui est ce fameux Fence afin que vous puissiez l'arrêter.

— C'est exactement cela, sourit Snape. Alors, qu'en penses-tu ?

— Pas question ! À aucun prix ! Vous devez avoir perdu la tête, Snape ! Pas pour un million de livres !

— Dois-je prendre ça pour un refus ? »

Je ramassai mon cartable et me levai. M. Palis et ses verbes irréguliers pouvaient attendre. J'avais une seule envie : sortir d'ici. Mais Boyle bondit pour me barrer le passage. L'expression de son visage aurait stoppé un train.

« Laissez-moi le convaincre, chef, grogna-t-il.
— Non. Boyle...
— Mais...
— Sa décision est prise. »

Snape se leva. Boyle semblait sur le point d'exploser, mais il ne chercha pas à m'arrêter lorsque je tendis la main vers la poignée de la porte.

« Donne-moi un coup de téléphone si tu changes d'avis, marmonna Snape.
— N'y comptez pas trop », rétorquai-je.

Je les abandonnai là et rentrai chez moi, certain de ne plus jamais entendre parler d'eux. Je leur avais dit ce que je pensais de leur idée idiote, ils n'avaient qu'à trouver un autre pigeon. Je croyais sincèrement que c'était ce qu'ils allaient faire.

Eh bien, je me trompais.

2

LE PERROQUET VIOLET

Vous devez vous demander ce qu'un gentil garçon comme moi pouvait avoir à faire avec ces deux vilains personnages, Snape et Boyle. C'est une longue histoire. En fait, c'est une histoire de deux cents pages que j'ai racontée dans un livre intitulé *Le Faucon malté*[1].

Tout a commencé à cause de mon grand frère Herbert (sauf que Herbert se faisait appeler autrement). Depuis toujours il voulait devenir détective privé. Après la décision subite de mes parents d'émigrer en Australie, il avait ouvert son bureau dans Fulham, à Londres. Herbert se faisait appeler Tim

1. Voir *Le Faucon malté*, dans la Bibliothèque Verte.

Diamant parce qu'il pensait que c'était mieux pour les affaires. La plaque sur la porte annonçait : *Tim Diamant & Co., détective privé.* Une seule ombre au tableau : Herbert n'était pas très brillant. C'est le moins que l'on puisse dire. Vous connaissez le vieux dicton « bête comme ses pieds » ? Eh bien, avec Herbert en guise de pieds, vous ne feriez pas un pas.

Donc, Herbert et moi avions été entraînés dans une aventure avec un nain bolivien, deux tueurs allemands, un alligator domestique et une boîte de chocolats maltés qui se révéla valoir une fortune. J'avais fait la connaissance de Snape et Boyle à cette occasion, mais la rencontre avec l'alligator m'avait davantage amusé.

Cependant cette affaire datait de six mois ; Herbert et moi n'avions plus un sou, sinon nous l'aurions déjà dépensé. Les chocolats maltés nous avaient rapporté une jolie somme, mais nous avions presque tout dilapidé dans des vacances aux sports d'hiver et la jambe cassée d'Herbert. Ne vous méprenez pas, la Sécurité sociale nous aurait remboursés si Herbert avait cassé sa propre jambe et non celle d'un autre skieur. Le reste de l'argent était parti en tapis, meubles neufs, et produits ménagers. Depuis nous étions lessivés.

J'arrivai à la maison à l'heure du dîner. Au menu du jour : tartines de haricots. C'est ce que nous avions déjà mangé le samedi et le dimanche, des haricots sur une tranche de pain. Le lundi, j'avais suggéré à Herbert de servir des tranches de pain sur des haricots... histoire de changer. Il restait encore seize boîtes de haricots dans le garde-manger. Que ferions-nous lorsqu'il n'y aurait plus de pain ? D'ailleurs, à en juger par ses bords verdâtres, il risquait de nous quitter plus vite que prévu.

Deux lettres m'attendaient dans l'entrée. L'une provenait de la bibliothèque du quartier : j'avais oublié de rendre un livre. L'amende pour ce retard de trois mois allait me coûter plus cher que si je l'avais acheté. Le livre avait pour titre : *Comment gagner de l'argent à vos moments perdus.* De toute évidence, ça n'avait pas marché. La seconde lettre était postée d'Australie. J'entendais Herbert siffloter dans la cuisine. Il avait une voix aussi mélodieuse qu'une bouilloire. Je ne sais pas pourquoi, je n'avais pas envie de le voir. J'emportai donc la lettre dans ma chambre, jetai mon cartable par terre, et moi sur le lit. Puis je lus ma lettre :

Nicky chéri,

Juste un mot avant que Papa et moi partions faire un barbecue chez des amis. Le monsieur qui nous invite travaille avec ton père. Il vend des portes. À propos, nous en avons ajouté trois autres dans notre chambre, ce qui donne une curieuse impression car elles ne mènent nulle part. Mais tu connais ton père, il adore les portes.

J'espère que tu vas bien. Tu me manques beaucoup et j aimerais t'avoir avec nous. Je suis certaine que tu adorerais l'Australie. Le soleil brille en permanence (sauf la nuit) et il y a toutes sortes de gens sympathiques. J'espère que tu n'oublies pas de changer de sous-vêtements une fois par semaine ? Je t'envoie trois caleçons australiens (avec une poche kangourou) par le prochain courrier, mais arrange-toi pour les enfiler à l'endroit !

J'aimerais venir vous voir, toi et Herbert, mais le nouveau bébé m'occupe beaucoup. Nous avons décidé de l'appeler Dora.

Prends soin de toi.

Baisers, Maman.

La lettre me désola. Ma mère venait d'adopter un nouveau bébé, une sœur que je n'avais jamais vue. Elle ne se souciait plus de moi, désormais. Elle avait une nouvelle vie. Pire, elle ne m'avait pas envoyé un sou. Trois caleçons ! Avec un peu de chance, je pourrais les échanger contre une autre boîte de haricots.

J'étais navré pour Dora. Si elle avait pu deviner ce qui l'attendait, elle serait sûrement retournée à l'orphelinat. Oh, mes parents n'étaient pas désagréables mais vous savez ce que c'est. « Brosse-toi les cheveux. Lave-toi les dents. Tiens-toi droit. Ne parle pas la bouche pleine ». Il y avait davantage de règlements dans ma vie que dans le Code de la route, et je ne pouvais même pas tousser sans me référer au paragraphe 3, chapitre 5, de la *Loi sur l'éducation des enfants*. Lorsque mes parents avaient émigré en Australie, je m'étais échappé pour revenir vivre avec Herbert. Un choix assez malheureux.

Je glissai la lettre dans un tiroir et redescendis au rez-de-chaussée. Une curieuse odeur flottait dans l'appartement. N'importe quelle odeur autre que celle des haricots m'aurait paru curieuse, et ma bouche se mit à saliver avant même que je l'aie identifiée. Je m'arrêtai dans l'escalier pour humer l'air. Des oignons frits ? Je me précipitai dans la cuisine.

Debout devant la cuisinière, un tablier rose noué autour des hanches, Herbert remuait quelque chose dans une poêle. Je jetai un coup d'œil sur la table. Deux gros sacs de supermarché regorgeaient des friandises dont j'aurais rêvé depuis des nuits si la faim ne m'avait empêché de dormir : biscuits secs, gâteaux, saucisses, œufs, pommes, oranges.

« Que se passe-t-il ? demandai-je. Non... laisse-moi deviner. Tu as gagné à la loterie ? L'Armée du Salut est passée ? Tu as reçu une bourse de l'État ? C'est un miracle, dis-je en m'emparant d'une pomme.

— Non, ce n'est pas un miracle, s'offusqua Herbert. J'ai un travail.

— Alors c'est vraiment un miracle. Tu veux dire que... quelqu'un t'a payé ?

— À partir d'aujourd'hui, je suis officiellement engagé pour retrouver un perroquet violet, déclara Herbert en se retournant vers son fourneau. Comment veux-tu ton steack ? Bleu, saignant, à point ?

— Gigantesque ! » répondis-je.

Dix minutes plus tard, nous étions attablés et nous dévorions l'équivalent d'une semaine en un seul repas. Il y a des jours où j'éprouve une affection sincère pour mon grand frère au regard limpide. Bon, d'accord, il était incapable de réussir une grille de mots croisés, et encore moins un crime. Il ne savait pas nouer ses lacets tout seul et il avait peur dans le noir. Mais nous vivions ensemble depuis trois ans et la situation aurait pu être pire. C'est d'ailleurs ce qui allait se produire, mais je ne le savais pas encore.

« Quelles nouvelles d'Australie ? questionna Herbert en attaquant la mousse au chocolat.

— Pas grand-chose.

— Maman nous a envoyé de l'argent ?

— Non, mais elle va m'envoyer des caleçons.

— Des caleçons ? s'exclama Herbert en secouant la tête. Elle exagère.

— Elle est culottée, tu veux dire, marmonnai-je en finissant ma dernière bouchée de gâteau. Bon, maintenant, Tim, explique-moi cette histoire de perroquet.

— Je dois le retrouver. Il a disparu.

— D'un zoo ?

— Non, d'un musée, sourit Herbert. Ce n'est pas un oiseau, c'est un vase. »

Il repoussa son assiette et sortit un calepin. Ses yeux se plissèrent, sa bouche se crispa légèrement. C'était son expression lorsqu'il s'efforçait de ressembler à un détective privé. Je ne sais lequel de nous deux il croyait tromper. Pas moi, en tout cas.

« C'est un vase Ming, poursuivit Herbert. Trente centimètres de haut, bleu et blanc, avec un perroquet violet émaillé sur le côté. Il date du XVe siècle et a été fabriqué pour l'empereur Cheng-Hua.

— Cheng qui ?

— Non. Cheng-Hua. Un oranger chinois... Heu... non, je veux dire un mandarin chinois. Enfin, une grosse légume. C'est lui qui a fait faire ce vase.

— C'est une pièce de valeur ?

— Tu plaisantes ! s'exclama Herbert en se renversant sur sa chaise (et en renversant par la même occasion du vin sur sa chemise). Ça vaut une fortune, et je pèse mes mots. C'est un vase unique au monde. Il vaut des millions. Depuis soixante-dix ans il était exposé au British Museum et puis, il y a une semaine, on a décidé de le porter chez un restaurateur pour qu'il le nettoie. Il n'est jamais arrivé à destination. Le vase a été déposé dans la camionnette du musée à 9 heures 45 précises.

— Et quand la camionnette est arrivée...

— La camionnette n'est jamais arrivée. Elle s'est envolée aussi. Le conducteur s'est arrêté dans une station-service de Camden pour prendre de l'essence. Il est entré dans la station pour payer à la caisse, et quand il est ressorti, la voiture avait disparu.

— Avec le vase à l'intérieur.

— Exactement.

— Alors pourquoi les responsables du musée ne se sont-ils pas adressés à la police ? demandai-je. Pourquoi toi ?

— Ils sont trop gênés pour alerter la police, Nick. Tu comprends, ce Ming n'a pas de prix. Le musée veut le récupérer, mais surtout pas de scandale, m'expliqua Herbert en me glissant un regard de travers. C'est une affaire pour Tim Diamant. »

« Des clous », songeai-je. Mais je dis :

« Comment t'ont-ils déniché ?

— Eh bien... Heu... »

Visiblement, il aurait préféré éviter cette question.

« En réalité, heu... c'est tante Maureen qui m'a recommandé, finit-il par avouer.

— Tante Maureen ? Celle qui a une hanche en plastique ?

— Oui », grimaça Herbert d'un air maussade.

Je doutais fort que Sherlock Holmes ou Mike Hammer eussent jamais été recommandés par leurs tantines.

« Tante Maureen connaît l'un des gardiens, précisa Herbert. En tout cas... je suis l'homme de la situation. S'ils veulent leur vase, je le leur retrouverai. Je ne laisserai pas tomber avant d'avoir réussi.

— Ne laisse surtout pas tomber le vase. »

Herbert se servit un autre verre de vin. Je baissai les yeux, vaguement honteux. J'étais peut-être un peu dur avec lui. Après tout, il venait de m'offrir mon meilleur repas depuis des semaines. Ceci me ramena au sujet essentiel :

« Combien te paient-ils, Herbert ? »

Le sourire reparut sur son visage.

« Cent livres d'avance, plus dix livres par jour pour mes frais.

— Dix livres !

— Eh bien... disons que j'ai des frais qui coûtent cher.

— C'est grandiose. »

Mais j'avais déjà l'esprit ailleurs. Je ne pensais plus au vase.

Une excursion scolaire était prévue à l'abbaye de Woburn, le château et la réserve d'animaux sauvages. Je ne suis pas fanatique des châteaux (avec leurs enfilades de salles d'armes et leurs galeries de portraits poussiéreux peints par des artistes également poussiéreux), mais la réserve d'animaux me tentait. Je me voyais déjà en train de lancer des beignets aux lions et de faire rigoler les girafes. Un seul problème : les élèves devaient participer aux frais. Trois livres par personne. J'avais déjà manqué la visite de Hampton Court et de l'observatoire de Greenwich, et mes camarades commençaient à me considérer comme un cas social. Ils avaient même organisé une collecte pour moi. Un peu vexant, mais l'intention était bonne.

Toute la semaine je m'étais demandé comment obtenir un prêt de Herbert sans avoir le cœur de le lui réclamer : cela lui aurait inévitablement rappelé sa situation personnelle, et je déteste voir un homme pleurer. Mais cent livres d'avance, et dix livres par jour pour ses frais...

« Tim, murmurai-je.

— Oui ?

— Puisque tu as touché un peu de liquide, tu crois que tu pourrais m'avancer cinq livres ?

— Cinq livres ?

— Tu sais bien... pour aller à Woburn.

— Mais ça représente une demi-journée de mes frais, se plaignit-il après un moment de réflexion.

— Dans ce cas, tu pourrais rester couché jusqu'à midi. »

Mon argument le laissa insensible, je dus tenter autre chose.

« Ça fait partie de mon éducation, dis-je. Que penseraient papa et maman ? C'est mon avenir qui est en cause. »

Herbert n'apprécia pas mon chantage, mais il lui était difficile de protester.

« Très bien, soupira-t-il. Mais tu fais la vaisselle. »

Il jeta un billet de cinq livres sur la table. Je le raflai prestement. Il y avait une éternité que je n'avais pas touché un billet de cinq livres. J'en avais presque oublié la couleur.

« Merci, monseigneur, dis-je en fourrant le billet dans ma poche de chemise. Alors, quand commences-tu à rechercher le perroquet violet ?

— Demain, répondit Herbert en levant son verre de vin. Je compte retourner à la station-service de Camden pour retrouver la pompiste.

— Et ensuite ?

— Je lui pomperai tout ce qu'elle sait. »

Herbert vida son verre cul sec, d'un geste volontairement théâtral, mais il dut avaler de travers car sa figure devint écrevisse. Une seconde plus tard, il fit une sortie précipitée vers les toilettes.

Avec toute cette excitation, j'avais oublié de lui parler de la visite de Snape et Boyle. En vérité, les deux policiers m'étaient plus ou moins sortis de l'esprit.

3

L'ABBAYE DE WOBURN

Quelques jours plus tard, je me retrouvai en train de rouler paisiblement sur l'autoroute M1, à soixante-dix kilomètres/heure, en direction de l'abbaye de Woburn. Nous étions quarante passagers dans le car, trente-huit élèves et deux professeurs. Mon cher ami M. Palis était l'un des deux. L'autre était un vieux garçon du nom de Snelgrove. Il enseignait l'histoire depuis si longtemps qu'il devait avoir assisté à tous les événements dont il parlait.

On nous avait remis des sachets-repas que nous nous étions empressés d'ouvrir et de manger avant même d'atteindre l'autoroute. À présent le car était jonché de paquets de chips vides, de papiers de bon-

bons et de croûtes de pain. Le chauffeur n'aurait pas eu l'air plus joyeux s'il avait conduit un corbillard. Je m'étais débrouillé pour avoir une place au fond du car. Nous adressions des grimaces aux automobilistes par la vitre arrière et nous guettions lequel d'entre eux causerait un carambolage. L'abbaye de Woburn se situait à environ une heure de Londres. Snelgrove avait passé le premier quart d'heure du trajet à nous tracer un résumé de son histoire, exposé que Palis avait traduit en français. Personne n'avait écouté. Le soleil brillait. Si nous avions voulu une leçon d'histoire, nous serions restés au collège.

Enfin le car quitta l'autoroute, et après avoir cahoté sur diverses petites routes de campagne, il atteignit enfin le domaine de Woburn. Une pancarte indiquait, d'un côté, le château, et de l'autre côté, la réserve d'animaux sauvages. Naturellement le car obliqua vers le château. En gigotant sur mon siège, je sentis quelque chose pointer contre ma jambe. Quelqu'un avait oublié un lance-pierres en plastique bon marché, qui s'était coincé sous le rebord de la banquette. Je l'empochai machinalement. C'est tout ce que j'avais sur moi, lorsque nous arrivâmes enfin à destination : ce lance-pierres et les deux livres qui me restaient sur le billet de cinq d'Herbert.

Le car s'engagea dans le parking et stoppa en grinçant. Nous allions tous nous ruer sur la porte de sortie lorsque M. Palis s'interposa en levant la main.

« Messieurs... », commença-t-il.

Je regardai autour de moi. Je vis trente-huit voyous, mais pas de messieurs.

« Messieurs, puis-je vous rappeler que ceci est un site historique, poursuivit Palis. L'abbaye de Woburn est un château, pas un parc d'attractions. D'ailleurs, le marquis et la marquise de Tavistock y résident toujours. Aussi, je châtierai moi-même le moindre écart de conduite, la moindre sottise. »

Palis appuya ses paroles d'un grand geste de la main qui envoya culbuter Sington, un de mes camarades, dans la travée.

« Et pas de chewing-gum pendant la visite », ajouta Palis.

Après cela, notre troupeau descendit plus docilement. Même le vieux Snelgrove semblait redouter Palis. Nous cheminâmes deux par deux sur une allée découverte, qui passait devant un restaurant, jusqu'à un tourniquet. Une pancarte était plantée à côté du guichet :

EXPOSITION EXCEPTIONNELLE
Les Escarboucles de Woburn
exposées dans le Salon d'Apparat

« Pardon monsieur, demanda quelqu'un, c'est quoi une escarboucle ?

— Une sorte de joyau, murmura Snelgrove en

jetant un regard nerveux vers Palis. Une pierre de grande taille, généralement de couleur rouge, semblable au grenat et...

— Silence ! » aboya Palis.

Snelgrove poussa un gémissement. Sington eut une toux étranglée en essayant de déloger le chewing-gum coincé dans le fond de sa gorge. Palis se propulsa en avant.

Nous nous amusions comme des petits fous.

Notre groupe entra dans le château par une porte située sur le côté. En réalité une entrée des fournisseurs, réservée maintenant aux touristes. Avec la saison d'été, l'endroit était bondé : Américains, Allemands, Japonais... assez de nationalités pour déclencher une guerre mondiale. Heureuse coïncidence, l'entrée menait directement à une boutique de souvenirs. On y trouvait toutes sortes d'articles traditionnels et historiques tels que serviettes de thé, cache-théières en fausse fourrure, gourdes décorées. Il y avait d'ailleurs quelques gourdes pour les acheter. Je m'arrêtai devant les cartes postales dans l'idée d'en acheter une pour Herbert. Il appréciait ce genre d'attention et les cartes ne coûtaient que 8 pence. Mais Palis cria : « Par ici ! », et le groupe s'engouffra sur la gauche.

Je ne suis pas le mieux placé pour décrire un château. Personnellement, j'estime que si on en voit un, on les a tous vus. Même s'il n'en existait qu'un seul au monde, je ne m'y précipiterais pas. Les tapisseries, les tableaux, les chandeliers, les tables de luxe, c'est joli si vous les avez dans votre salon. Mais suivre un cordon rouge pour les admirer bouche bée... eh bien, disons que ce n'est pas ma tasse de thé. Même si la tasse en question date de trois cents ans et a servi autrefois au comte de Southampton.

La bibliothèque m'ennuya, la cage d'escalier me fit bâiller, et le boudoir bouder. Vous n'imaginez pas toutes les choses entassées dans cet endroit. Des tableaux, des miroirs, des pendules en bronze. Ces gens-là avaient dû acheter tout ce qui se fabriquait à leur époque. En arrivant dans la chambre de la reine Victoria, je me serais volontiers jeté sur le lit, même si la patronne s'y était trouvée.

Le pire, bien entendu, c'était que Palis et Snelgrove gobaient tout cela avec bonheur. Ils flânaient dans chaque salle, Snelgrove ânonnait sur un sujet, Palis attirait notre attention sur un autre. Ses connaissances me surprenaient. Après tout, rien de tout cela n'était français.

Je l'ignorais encore, mais chaque pas, chaque minute me rapprochaient d'un horrible cauchemar. Palis se trompait. En comparaison de ce qui m'attendait, Woburn était un parc d'attractions.

Notre progression à travers la demeure était surveillée par un certain nombre de dames antiques, assises sur des chaises non moins antiques. Seules chargées de la sécurité, elles semblaient à peine plus redoutables qu'une boîte de chocolats After Eight. La moitié d'entre elles tricotaient. Les autres souriaient béatement et clignaient des yeux derrière leurs lunettes à monture d'écaille. Toutefois, quand notre groupe pénétra en traînant la semelle dans le Grand Salon, je notai la présence de deux gardiens en uniforme postés près de la porte. L'un d'eux me bouscula au passage. Sans s'excuser.

Le Grand Salon ressemblait aux autres salles du château, en ce sens qu'il était grand. Il était décoré de bleu, avec des fauteuils et des sofas bleus, des tentures murales bleues. Seul l'objet même de la présence des gardiens n'était pas bleu, mais rouge vif. Il y en avait douze, qui étincelaient dans une vitrine, au milieu de la pièce. Les Escarboucles de Woburn. Elles étaient magnifiques et valaient sans aucun doute leur pesant de cacahuètes.

« On raconte que le marquis de Tavistock a découvert ces joyaux dans le grenier », entendis-je expliquer Snelgrove.

Heureux marquis, me dis-je. Nous, nous n'avions trouvé dans notre grenier que des crottes de souris.

« Ne sont-ils pas superbes, les enfants ? poursuivit Snelgrove.

— Par ici ! » cria Palis en montrant le chemin.

Tout le monde lui emboîta le pas.

Je fermais la marche. Il n'y avait plus personne

derrière moi. Bizarre. Jusqu'à présent une vingtaine de touristes au moins avaient visité les salles en même temps que nous. Or, il n'y en avait soudain plus un seul. J'avançai vers la porte. À cet instant se produisit un grand fracas de verre brisé. Une sonnerie se déclencha. Je me retournai d'un bond.

Incroyable. Une minute plus tôt, j'avais contemplé une vitrine contenant douze grenats. Je voyais maintenant un présentoir en miettes et seulement onze joyaux parmi les débris. À l'exception des gardiens, personne ne se trouvait dans la salle. Pourtant quelqu'un venait de voler l'une des pièces de l'héritage providentiel de Woburn. L'alarme continuait de sonner. Je savais que je n'étais pas le voleur, que ce ne pouvait être les gardiens, mais alors...

« D'accord, mon gars. Reste où tu es... »

Les deux gardiens marchaient vers moi. Les éclats de verre craquaient sur leurs pas. Je jetai un coup d'œil par-dessus mon épaule. Tous mes camarades massés devant la porte me dévisageaient.

« Que se passe-t-il ? » lança Palis, bloqué derrière eux.

Il lui fallut peu de temps pour se frayer un passage et venir se planter près de moi. Il me soufflait dans le cou. Avec son haleine fétide, il risquait de tacher mon col.

« Rends-le-nous, mon gars, grommela le gardien en tendant la main. Tu ne peux pas filer avec. »

Il approchait à pas prudents, comme si j'étais dangereux.

« Filer avec quoi ? » grinçai-je.

Ma voix semblait s'être faufilée dans mon nez et dissimulée derrière mes yeux.

Palis contempla la vitrine détruite.

« Oh, Simple... »

Il frissonna.

« Mais je n'ai pas... je... »

Tout en parlant, j'enfonçai mes mains dans mes poches. Je voulais leur démontrer qu'elles étaient vides, qu'ils commettaient une terrible erreur. Mais avant que j'aie pu dire un mot, mes doigts rencontrèrent un objet rond et froid. Je le sortis de ma poche. Il étincela à la lumière.

« Simple ! siffla Palis, en faisant sonner le S comme un serpent.

— Attendez une minute... », bredouillai-je.

Mais il était clair que personne n'avait envie d'attendre une minute. Si Palis ne m'attrapait pas, les gardiens le feraient. La sonnette d'alarme continuait de mugir et j'entendais maintenant des cris dans le corridor. Une demi-seconde passa. Cela me suffit pour faire un rapide retour en arrière et prendre une décision instantanée. C'était un coup monté. Il n'y avait aucune autre explication possible. Quelqu'un avait glissé le joyau dans ma poche. Qui ? Je me souvins du gardien qui m'avait bousculé à l'entrée du Grand Salon, ce même gardien qui approchait lentement. Ça n'avait aucun sens, mais c'était forcément lui. Il se tenait dans la salle. Il avait vu...

Décision instantanée, ai-je dit. J'enfouis le joyau dans le fond de ma poche, tournai les talons, et partis en courant.

Le gardien cria quelque chose dans mon dos. Palis tendit le bras. J'ignore comment, mais je parvins à échapper à son emprise et me frayai un chemin au milieu de mes camarades, en espérant qu'aucun d'eux ne chercherait à m'arrêter. Je ne fus pas déçu, ils firent même tout le contraire : ils se massèrent devant la porte et bloquèrent Palis et les deux gardiens qui s'élançaient déjà sur mes traces.

Je fis halte près d'une fenêtre pour reprendre mon souffle. Au même moment un hurlement de sirène retentit et six cars de police, avec leurs gyrophares bleus, remontèrent l'allée et freinèrent brutalement sur le parvis. Impossible. Ils ne pouvaient pas être arrivés si vite. Mon estomac se flétrit comme un ballon crevé. Un coup monté, d'accord, mais qui dépassait les deux gardiens. Une opération organisée sur une grande échelle.

Une vingtaine de policiers se déployèrent pour cerner la maison. Palis avait presque franchi le barrage de mes camarades de classe. L'heure n'était plus aux questions. C'était de la folie, bien sûr. Même si je parvenais à sortir du château, où irais-je me réfugier ? Mais à cette minute je ne m'en souciais pas. Je voulais seulement sortir de là. Les questions, je les poserais plus tard.

Je me retournai. J'étais dans la Salle à Manger d'Apparat. Une douzaine de ducs et de duchesses accrochés aux murs me jetaient des regards accusateurs. Au milieu de la pièce, une table était dressée pour huit personnes, huit invités qui n'arriveraient jamais. Porcelaine fine, argenterie et verres de cristal étaient posés là pour être admirés par les touristes. J'aperçus une porte à l'autre bout de la salle et je m'élançai.

Mais je n'avais pas fait deux pas que l'une des antiques surveillantes, réveillée par l'alarme et les cris, se dressa devant moi pour me barrer le passage. Elle tenait dans ses mains un demi-gilet rose enfilé sur deux aiguilles à tricoter. Elle avait une soixantaine d'années, un tailleur deux-pièces, des cheveux permanentés, et deux ronds rouges sur les joues.

« Arrêtez-le ! » hurla Palis derrière moi.

Les lèvres de la vieille dame s'arrondirent de colère. Elle devait me prendre pour un vandale.

« Oh, la brute ! s'exclama-t-elle. Petite brute ! »

Elle secoua les bras. Le gilet rose tomba par terre et, tout à coup, je la vis brandir ses deux aiguilles à tricoter au-dessus de sa tête, comme deux poignards pointés sur moi.

« Sale brute ! » répéta-t-elle pour la troisième fois.

Et, les yeux étincelants, elle chargea. Au même instant, je fonçai sur elle.

Le choc eut lieu une seconde plus tard.

Je ne l'avais pas prémédité. D'ailleurs je ne sais pas ce que je voulais faire. Mais elle m'aurait tué avec ses aiguilles à tricoter, il fallait bien que je me défende. Je plongeai au moment où elle allait me poignarder. Mon épaule rencontra son estomac dans une sorte de plaquage de rugby complètement insensé. Emportée par son propre élan, elle effectua un vol plané, dans un tourbillon de jupe de tweed, de bas nylon, et d'aiguilles à tricoter en acier trempé. Elle atterrit sur la table et fila jusqu'au bout, dans un épouvantable fracas d'assiettes et de verres cassés, de fourchettes et de couteaux. La surface polie de la table favorisa sa glissade. Elle gicla à l'autre extrémité comme un missile, heurta le mur, et finit par disparaître dans un grand vacarme, sous le portrait d'un ancêtre. Je ne sais pas dans quel état elle termina sa course. J'avais déjà déguerpi.

Je me retrouvai dans une pièce plus petite, une sorte de bibliothèque. Un troisième gardien s'extirpa de sa chaise à mon approche. Je le repoussai du plat de la main. Son dos percuta une étagère et il disparut sous une avalanche de livres. Un long corridor partait vers la gauche, je m'apprêtais à m'y engager quand un policier surgit à l'autre bout et se mit à courir dans ma direction. Je filai droit devant moi, traversai une alcôve, et débouchai dans un second et immense salon. Un cordon rouge en barrait l'entrée. Je sautai par-dessus et poursuivis ma course.

Je jetai un coup d'œil en arrière. Mon coude heurta un buste en marbre qui tomba de son socle. Il n'y avait personne en vue. En fait, je semblais avoir laissé loin derrière moi touristes, policiers, et sonnerie d'alarme. Ici tout était calme. Je me retrouvai face à face avec un chien de garde. Un pékinois qui devait mesurer quinze centimètres de haut. Je souris. Il me mordit la cheville. Je lui décochai un coup de pied. Il vola en l'air.

Je compris alors que j'avais pénétré dans les appartements privés du château, interdits au public. Ils étaient à peu près aussi vastes, mais beaucoup plus vivants. Des objets quotidiens, des journaux ou des livres de poche s'égaraient parmi les objets précieux. Quelqu'un avait perché un chapeau sur la tête d'une statue. Une paire de chaussons avait été oubliée près d'une chaise.

« Essayons par là !... »

La voix me parvint de loin. Je pressai le pas. J'avais sans doute violé l'intimité de quelqu'un, mais si je ne me dépêchais pas, on ne tarderait pas à violer la mienne.

Je fonçai dans un couloir à la recherche d'une issue. Une porte s'ouvrit, des pas résonnèrent. Quelqu'un approchait. Je m'arrêtai devant la première porte, et me glissai à l'intérieur.

« Que faites-vous là ? »

Je fis volte-face. J'étais dans une salle de bains, tout en marbre blanc, avec une robinetterie en cuivre étincelante. Et je n'y étais pas seul. Un gros homme au visage rubicond, plongé dans la baignoire, de la mousse jusqu'au cou, lisait *Demeures et Châteaux*. Il m'observait derrière de grandes lunettes carrées voilées par la vapeur.

« Qui êtes-vous ? demandai-je, totalement à court d'inspiration.

— Je suis le marquis.

— Le marquis de Woburn les Bains ?

— Non, le marquis de Tavistock, » grinça-t-il.

Je lui souris.

« Sortez d'ici ! »

Je sortis.

Le couloir se terminait par une porte-fenêtre, laquelle donnait sur un étroit balcon qui courait tout le long de la façade. Ma chance continuait. Il n'y avait personne en vue. J'enjambai rapidement la balustrade et m'agrippai des deux mains. Un instant je restai ainsi suspendu. Puis je lâchai tout. Ce fut une longue chute. Un talus de pelouse arrêta ma course. Et me cassa la jambe. C'est du moins ce que je crus sur le moment. Mais en me relevant je m'aperçus que je tenais debout. Je m'étais tordu la cheville, j'avais déchiré mon pantalon, mais j'étais dehors.

Je clopinai vers l'arrière du château et franchis un portail en fer forgé. L'allée conduisait à l'endroit où la visite avait commencé. Environ une centaine de personnes fourmillaient devant le guichet, des touristes pour la plupart, mais aussi quelques policiers. Trois d'entre eux s'élancèrent tout à coup vers le château. J'en profitai pour courir me cacher dans la foule. Une fois encore la chance fut de mon côté. Les policiers savaient qu'un voleur se trouvait à Woburn, mais ils ignoraient que ce voleur avait treize ans. Deux d'entre eux passèrent devant moi en toute hâte, au moment où je reculais pour franchir le tourniquet.

En arrivant au parking, je réalisai que je ne savais pas où aller. Je ne pouvais tout de même pas remonter dans le car et attendre qu'il me ramène à l'école. Courir était hors de question. Sans parler de ma cheville. Les champs alentour étaient plats et déserts. On m'aurait repéré à des kilomètres. Pire, les policiers commençaient à ressortir du château. Sans doute avaient-ils découvert l'itinéraire de mon évasion. Et désormais ils savaient qui ils recherchaient.

Tout ce que j'avais fait, jusqu'à maintenant, avait aggravé mon cas. Après tout, peut-être aurais-je pu trouver une explication à la présence du joyau dans ma poche ? Même s'ils ne m'avaient pas cru, j'aurais pu prétexter une mauvaise farce d'écolier, ou prétendre que c'était pour une œuvre de charité. Mais j'avais aussi envoyé valdinguer une vieille dame, réduit en miettes des assiettes et des verres de grande valeur, et le marquis ne devait guère se féliciter de notre rencontre. Bref, j'étais dans le pétrin jusqu'au cou et je n'avais pas la moindre idée de la façon d'en sortir.

Je regardai désespérément autour de moi. Les voitures garées en rangées bien nettes, les familles qui se dirigeaient vers le château en s'interrogeant sur les causes de toute cette agitation, et le premier policier qui approchait rapidement. Je n'avais que mes jambes, et pourtant je ne pouvais pas compter dessus. Ma cheville ressemblait à un punching-ball. Je ne disposais d'aucun endroit où me réfugier, d'aucun moyen pour m'y rendre.

C'est alors que je vis la camionnette Land Rover. Elle était garée au bout d'une rangée, sans personne alentour. Les portières devaient être fermées, bien entendu, mais il y avait un chargement sur l'arrière, recouvert d'une bâche. Et la bâche n'avait pas été parfaitement attachée. Je remarquai un interstice.

Sans plus réfléchir, je grimpai à l'arrière de la voiture et me faufilai sous la bâche. Il y avait là plein de sacs de grains. Le conducteur était soit un fermier, soit un adepte de la cuisine végétarienne. Il y avait juste assez d'espace pour moi. Je me tapis dans la pénombre. Mon cœur cognait. Il était temps. J'entendis des pas crisser sur le gravier.

« Vous l'avez vu ? lança quelqu'un.

— Non.

— Treize ans. Mal attifé et dangereux.

— Essayons par là... »

Deux minutes plus tard, d'autres pas approchèrent. Un homme et une femme bavardaient à voix basse. Les portières de la Land Rover s'ouvrirent, puis claquèrent. Le moteur démarra, le véhicule vibra, puis s'ébranla dans une secousse qui me plaqua contre les sacs. Nous étions partis !

Avec un peu plus de temps, la police aurait dressé un barrage et fouillé toutes les voitures quittant le domaine. Mais personne ne nous arrêta. La Land Rover devait rouler à environ quinze kilomètres à l'heure. La bâche m'empêchait de voir quoi que ce soit et je n'osais pas jeter un coup d'œil. J'espérais seulement que la Land Rover allait me conduire très, très loin, de préférence en Nouvelle-Zélande. D'après mes calculs, nous ne tarderions pas à rejoindre l'autoroute, et après cela je serais sauvé, du moins dans l'immédiat.

Mais la voiture ne prenait pas la direction de l'autoroute. Et le conducteur ne semblait pas pressé. Dix minutes plus tard, nous roulions toujours à une allure d'escargot. Il commençait à faire chaud sous la bâche avec le soleil. C'est à peine si je pouvais respirer. Prudemment, je soulevai un coin de bâche et risquai un coup d'œil dehors.

Un embouteillage ! Exactement ce qu'il me fallait. Au moins six voitures nous suivaient. Je ne voyais pas combien devant. La route longeait une très haute clôture métallique, doublée d'une seconde clôture plus basse. En dehors de ça je ne distinguais que des champs et des arbres. La Land Rover hoqueta en passant sur une grille. Les sacs rebondirent. Moi aussi. Une sorte d'auberge se dressait sur le bord de la route. Craignant d'être vu, je me repliai sous la bâche.

Démarrage, arrêt. Démarrage, arrêt. Nous semblions aller nulle part, mais nous mettions un temps infini pour y arriver. Je pointai à nouveau le nez dehors, juste à temps pour lire un avertissement inscrit sur une pancarte, dressée sur le bas-côté : DESCENDEZ VOS ANTENNES D'AUTORADIO, S.V.P. Descendre les antennes de radio ? Pour quoi faire ? Où menait cette route ? Sous un pont surbaissé ?

La Land Rover stoppa à nouveau. Je n'osai pas regarder, mais j'entendis des voix.

« Avez-vous des animaux dans la voiture ? questionna une femme.

— Non, répondit le conducteur.

— Allez-y.

— Merci. »

Donc nous ne transportions pas d'animaux. C'était bon de le savoir, mais quel était le rapport ? Où étions-nous ? Je suffoquais. La voiture continuait de se traîner sous le soleil qui tapait plus fort que jamais. Quelque chose goutta sur le toit. Un instant je crus que je pleurais. Cela ne m'aurait pas surpris. Eh bien non, ce n'était qu'une goutte de sueur. Je décidai de m'échapper à la première occasion. Monter dans la Land Rover avait été une erreur. Je ferais le reste de la route à pied.

Quinze autres minutes s'écoulèrent avant que je puisse saisir ma chance. Nous avions stoppé et redémarré tant de fois que j'avais renoncé à compter, je n'avais pas la moindre idée de l'endroit où nous nous trouvions. Je savais juste que j'avais quitté le château. Abandonnant toute prudence, je rampai sur les sacs, me faufilai hors de la bâche et, sans même jeter un coup d'œil, me laissai tomber sur l'herbe. Ma cheville protesta. Je l'ignorai et m'élançai en courant. Je parcourus environ deux cents mètres d'une seule traite, avant de faire une halte pour me repérer.

Je me trouvais dans un champ, mais un champ clos. Une palissade courait sur toute la longueur, condamnée au sommet par des barbelés comme dans les camps de prisonniers. La Land Rover était arrêtée au milieu d'une file de voitures. Une aire de pique-nique. Telle fut ma première pensée. Mais qui aurait eu envie de pique-niquer dans un endroit pareil ? Un champ nu et aride, avec des touffes d'herbe éparses et des monticules. Quelques arbres végétaient ici et là. La route que nous avions suivie zigzaguait depuis la barrière. J'observai les voitures. En dépit de la chaleur, toutes roulaient vitres fermées. Leurs occupants gesticulaient dans ma direction et me montraient du doigt. Ils n'avaient pas du tout l'air de m'inviter à un pique-nique.

Puis un haut-parleur grésilla et une voix flotta dans le champ. Ou plutôt elle s'y engouffra, portée par sa propre urgence.

« Remontez en voiture ! hurla la voix. Remontez en voiture ! »

Au même instant j'entendis un grondement rauque et hostile qui fit bondir mon cœur dans ma gorge, et dresser les cheveux de ma nuque comme une pelote d'épingles. Je me retournai d'un bloc.

Un lion de belle taille avançait lentement vers moi.

Je ne sais toujours pas comment je parvins à ne pas faire pipi dans mon pantalon. Je n'en croyais pas mes yeux. Je m'étais couché sur le chargement d'une Land Rover qui m'avait conduit droit dans la réserve d'animaux sauvages. Que faisait-on d'autre après avoir visité le château de Woburn ? Et je n'avais rien trouvé de mieux que de sauter de la voiture au beau milieu du secteur des lions. J'aurais au moins pu attendre d'arriver chez les girafes. Les girafes, elles, sont végétariennes. Ce lion ne l'était manifestement pas.

Il feulait en m'observant, la gueule ouverte. J'apercevais le fond de sa gorge. D'une minute à l'autre j'allais bénéficier d'une vue très rapprochée. Le lion était gigantesque. Avec sa seule crinière vous auriez pu confectionner une vingtaine de cache-théières. Mais ce n'était pas la crinière qui m'impressionnait. C'étaient les dents : d'horribles quenottes bien pointues qui étincelaient au soleil. Et ses yeux bruns qui me fixaient, luisants de colère. Et de faim.

Ce ne doit pas être très amusant, la vie de lion dans une réserve. Vous passez vos journées à regarder défiler sur la route votre nourriture dans des caisses de métal. De la nourriture en boîte, en quelque sorte. Or, la nourriture venait justement de sortir de sa boîte, et ce lion allait s'offrir, avec ma personne, un petit festin.

Une Jeep orange et noir fonçait vers moi à travers le champ. Mais avant qu'elle arrive, il serait trop tard. Inutile de me mettre à courir. Les autres voitures étaient trop loin et mes jambes avaient tourné en gelée... de la gelée pas encore figée. Le lion feula à nouveau, prêt à bondir. J'étais seul, désarmé.

Désarmé ?...

Je me souvins subitement du lance-pierres trouvé dans le car. Ma main fouilla le fond de ma poche et l'en ressortit. Il me fallait juste une pierre, un projectile, n'importe lequel. Pas de pierres en vue. Seulement de l'herbe et des brindilles. Le lion avança d'un autre pas. Rien, pas même un gravillon.

Alors je me souvins de l'escarboucle.

Je la sortis sans même me rendre compte de ce que je faisais. Rouge et brillante, la pierre avait à peu près la taille d'une balle de ping-pong. Le feulement du lion se transforma en mugissement. Malgré le tremblement frénétique de ma main, je parvins à armer le lance-pierres et à bander l'élastique. Le lion bondit. Je tirai.

La gueule grande ouverte, le lion n'avait pas cessé de rugir. L'escarboucle jaillit. Je me jetai sur le côté.

Le joyau disparut dans la gueule du fauve.

Je roulai sur moi-même et redressai la tête. Le lion m'avait manqué d'un mètre. Il gisait sur le dos. L'espace d'une seconde, il me rappela Sington en train de s'étrangler avec son chewing-gum. L'escarboucle s'était logée dans sa trachée-artère. Ses pattes s'agitaient faiblement. Il suffoquait et poussait des petits cris plaintifs, comme un chat. Je me remis péniblement sur mes jambes.

Je venais juste d'apercevoir trois autres lions qui descendaient la colline pour satisfaire leur curiosité lorsque la Jeep arriva. Debout sur le siège, un surveillant pointait une carabine armée d'une aiguille anesthésiante. Il fit feu et manqua sa cible. Une douleur aiguë me transperça la cuisse et le monde bascula.

Je m'évanouis. Mais avant de sombrer, je compris que le surveillant n'avait pas raté sa cible. C'était moi qu'il visait. Il me jugeait sans doute plus dangereux que le lion.

4

ERREUR DE JUGEMENT

Finalement on m'inculpa de vol, agression, violation de domicile, dommages matériels et cruauté envers les animaux. À ce propos, sachez que le lion survécut. Il resta six heures sur la table d'opération pour qu'on lui extraie l'escarboucle. Mais il se réveilla au bout de cinq heures et c'est le chirurgien qui eut le plus de problèmes postopératoires.

On m'expédia à la cour d'assises d'Old Bailey, salle d'audiences n° 3, pour être jugé. Je m'en souviens encore. La salle était beaucoup plus petite que je l'imaginais, avec des murs lambrissés et une verrière dans le plafond. Ça tenait à la fois de la chapelle et du court de squash. Le jury était aligné sur un côté, « douze citoyens honnêtes et justes ». Ils étaient peut-être justes, mais la plupart du temps ils étaient tout *juste* réveillés. Le centre de la salle était occupé par un essaim d'avocats et d'assesseurs, tous vêtus de robes noires avec des nœuds blancs qui les faisaient ressembler à des paquets-cadeaux pour enterrements.

Moi, bien sûr, j'étais dans le box, encadré par deux policiers. Le box étant trop haut pour moi, on m'avait glissé un coffre sous les pieds. Je leur avais fait remarquer que je préférais ne pas être coffré, mais personne n'avait saisi ma boutade. L'avocat général ne pouvait me regarder sans serrer les dents et pincer les lèvres. Le juge, lui, était trop âgé pour avoir des dents à serrer, mais il aurait visiblement préféré pincer un autre que moi.

Quant à mon défenseur, il ne cessait de soupirer et de tamponner son visage avec un mouchoir. Cet homme savait reconnaître un cas désespéré quand il en voyait un.

Au-dessus de moi, la galerie réservée au public était bondée. Mon arrestation avait fait la une de tous les journaux du pays, et les reporters griffonnaient maintenant dans leurs carnets et (les photos étant interdites) traçaient des croquis. Je ne voyais pourtant pas qui s'intéressait à ce qu'écrivaient les reporters. D'ailleurs, je trouvais le procès lui-même aussi intéressant qu'un examen d'algèbre par un après-midi humide. Tous ces juristes prenaient une heure pour exprimer ce que vous auriez dit en une minute. Ils ne pouvaient pas dire : « Bonne journée » sans une preuve écrite de la météo nationale et trois arguments pour appuyer leur point de vue.

Les choses s'animèrent avec l'arrivée des témoins. Se présenta d'abord la vieille dame de Woburn, toujours en tweed, mais avec une collerette orthopédique et une paire de béquilles. Elle raconta comment je l'avais agressée et projetée sur la table de la salle à manger, mais elle omit de mentionner que de son côté elle brandissait des aiguilles à tricoter.

« Que s'est-il passé, après votre chute de la table ? lui demanda l'avocat de la défense.

— Un vieux maître est tombé sur moi.

— Vous voulez parler du marquis de Tavistock ?

— Non. Un tableau. Un tableau de maître. »

Sa réponse déclencha un fou rire dans le public. Le juge cogna avec son marteau et je fus tenté de crier : « Adjugé à la dame aux béquilles ! » Mais je gardai prudemment le silence.

« Pas d'autres questions », murmura mon défenseur d'un air penaud.

L'accusation appela deux gardiens de la sécurité et le surveillant de la réserve d'animaux sauvages. Tous trois racontèrent la même histoire. On m'avait surpris en flagrant délit. J'avais pris la fuite, failli tuer un lion, et on m'avait arrêté. Heureusement, le lion ne fut pas appelé à la barre.

Le dernier témoin à charge fut pour moi une surprise. Noël Harvey St. John Palis prêta serment et se propulsa derrière la barre des témoins, contre laquelle il pressa son gros ventre. Son témoignage me surprit davantage encore. J'avais supposé qu'il profiterait de l'occasion pour aggraver encore ma sentence. Après tout, Palis était un homme sentencieux. Or, il me décrivit comme un garçon travailleur, intelligent et honnête, et se déclara surpris par mes crimes. Malheureusement, il gâcha toutes ces belles paroles en ajoutant que ma culpabilité ne faisait aucun doute. Mais c'est l'intention qui compte, n'est-ce pas ?

Vint ensuite le tour des témoins de la défense.

Mon avocat, un homme mince et grisonnant du nom de Garrod, était loin d'être une vedette du barreau. Avant le procès, je lui avais demandé comment il comptait me tirer d'affaire. Il s'était mis à rire. Pourtant il ne riait pas souvent. On s'attendait presque à voir des toiles d'araignées dans les coins de sa bouche.

« Vous tirer d'affaire ? s'était-il esclaffé. Je ne peux pas vous tirer d'affaire. Les preuves qui pèsent sur vous sont trop lourdes. C'est du béton !

— Mais on m'a piégé !

— Peut-être, mais vous avez quand même attaqué une vieille dame, répondit-il en se tamponnant le front avec son mouchoir. Je peux seulement persuader le juge que, au fond, vous êtes un gentil garçon. Bien entendu, ce ne sera pas facile. Toutefois c'est votre premier délit, il sera peut-être indulgent.

— Indulgent dans quelles proportions ?

— Six mois, répondit Garrod avec un haussement d'épaules.

— La prison ? Mais je ne peux pas aller en prison ! Je suis innocent !

— Bien sûr, vous êtes innocent jusqu'à ce que vous soyez reconnu coupable. »

Ainsi donc Garrod s'arrangea pour démontrer que, en dépit des apparences, j'étais un gentil garçon. Pour ce faire il appela à la barre une succession de témoins dits « de moralité ». Malheureusement pour moi, il choisit les mauvais. Tante Maureen, avec sa fausse hanche, comparut la première. Je ne l'avais pas vue depuis des années et, à la façon dont elle se comporta devant le tribunal, il y avait fort à parier que je ne la reverrais pas de sitôt. Elle se conduisit correctement avec Garrod. Elle lui parla de mes visites à l'hôpital et des fleurs que je lui apportais, sans préciser que je les piquais à sa voisine de lit. Mais le contre-interrogatoire la déchaîna.

« Ne me parlez pas comme ça ! cria-t-elle à l'avocat général. Vous devez respecter mon âge. J'ai été soufflée, pendant la dernière guerre. J'ai marché sur une bombe.

— Une mine ? demanda l'avocat général.

— Je n'ai pas eu le temps de vérifier. En tout cas, sachez une chose, mon petit Nick ne ferait de niches à personne...

— Objection ! protesta l'avocat général.

— Ne me traitez pas d'objection ! Si vous voulez m'insulter, vous trouverez à qui parler. »

Joignant le geste à la parole, tante Maureen se baissa. Il y eut un bruit sec et, un instant après, elle brandissait sa fausse jambe devant le juge. Je grimaçai. Un chahut éclata dans le tribunal. Les journalistes étaient hilares. Tante Maureen fut emmenée hors de la salle par une femme policier, qu'elle menaçait de sa prothèse en gesticulant. Mon avocat s'affaissa sur son siège avec un soupir. Sa réputation professionnelle venait de quitter la salle, la tête basse, en agitant un drapeau blanc.

Rien de pire ne pouvait désormais arriver. Du moins c'est ce que je croyais. Mais l'huissier appela à la barre « Herbert Timothy Simple », et mon grand frère parut.

Il avait revêtu un costume, pour la circonstance, ainsi qu'une cravate noire. L'avait-il choisie par hasard ou bien savait-il une chose que j'ignorais ? Herbert ne m'avait rendu qu'une seule visite depuis mon arrestation. La police lui avait expliqué mes exploits, et voilà en substance quelle avait été notre conversation :

« Je ne peux pas le croire, dit Herbert.

— Ce n'est pas moi, dis-je.

— Je ne peux pas te croire, dit Herbert.

— Tu veux dire que tu ne peux pas croire que je suis coupable, ou que tu ne peux pas croire que je ne le suis pas ? »

Herbert s'était mis à cligner des yeux et à mâchonner son ticket d'autobus.

Maintenant il se dressait dans le tribunal, toujours aussi hébété. Il croisa mon regard et sourit. Il tremblait comme une feuille. N'importe qui aurait pu le prendre pour l'inculpé.

L'huissier lui tendit la Bible, Herbert la prit et essaya de la fourrer dans sa poche. L'huissier la lui arracha des mains. Je craignis un autre pugilat, mais le juge intervint à temps pour expliquer l'usage de la Bible. Herbert rougit.

« Désolé, Votre Grandeur », s'excusa-t-il.

Le juge fronça les sourcils.

« Vous pouvez m'appeler simplement Votre Honneur.

— Oh, oui..., bredouilla Herbert en perdant le peu de contenance qui lui restait. Désolé, Votre Altesse. »

L'huissier s'approcha pour faire une nouvelle tentative.

« Je jure de dire la vérité, commença-t-il.

— Tant mieux, rétorqua Herbert.

— Pas moi, vous ! s'exclama l'huissier en levant les yeux au ciel.

— Répétez seulement les mots, monsieur Simple », intervint le juge.

L'huissier parvint enfin à lui faire prêter serment. Garrod s'avança vers la barre des témoins. Il marchait comme un vieillard, Herbert lui adressa un sourire.

« Vous êtes Herbert Timothy Simple ? commença Garrod.

— Moi ? s'étonna Herbert.

— Êtes-vous Herbert Timothy Simple ? insista le juge.

— Oh, euh... oui, bien sûr, Votre Sainteté », répondit Herbert.

Garrod prit une profonde respiration.

« Pouvez-vous nous décrire votre frère ?

— Eh bien, il mesure environ un mètre cinquante, il est brun, très mince... »

Mon avocat vacilla et je crus qu'il allait succomber à une crise cardiaque. Ses joues s'étaient creusées, sa perruque pendait de travers.

« Nous savons à quoi il ressemble, monsieur Simple, hoqueta-t-il. Nous désirons juste apprendre de vous quel genre de personne il est. »

Herbert réfléchit une minute.

« Répondez à la question, le pressa le juge.

— Certainement, Votre Hauteur, répondit Herbert. Nick est un bon garçon. Je veux dire... comme petit frère. Il a un seul défaut : il est vraiment désordre. Il laisse ses livres dans la cuisine et...

— Votre cuisine ne nous intéresse pas ! grogna Garrod qui luttait pour garder son calme, mais qui avait déjà perdu la bataille. Ce que nous voulons savoir, c'est, en regardant aujourd'hui votre frère, si vous le croyez capable d'attaquer brutalement une vieille dame et de voler un joyau inestimable. »

Herbert m'adressa un large sourire et hocha la tête.

« Oh oui, absolument ! »

Garrod en resta bouche bée et ravala sa question suivante.

« Vous ne pouvez pas répondre cela ! bafouilla-t-il d'une voix cassée. C'est votre frère !

— Mais vous m'avez demandé de dire la vérité, toute la vérité, rien que la vérité. »

Un nouveau brouhaha agita le tribunal. Le juge laissa retomber son marteau. Herbert m'avait réglé mon compte, primes et intérêts compris. Avec son témoignage, le juge allait m'infliger la peine maximum. Mais ce n'était rien comparé à ce que, moi, je comptais infliger à Herbert.

Garrod se laissa choir sur son siège.

« Plus de questions, soupira-t-il.

— Cela veut-il dire que je peux quitter la barre ? » s'enquit Herbert.

Personne ne tenta de l'en empêcher. Le procès était plus ou moins terminé.

Le jury mit quarante-cinq secondes à rendre son verdict. Coupable, bien sûr. Puis vint le moment de la sentence. Le policier me fit lever. Le juge me regarda.

« Nicholas David Simple, vous avez été reconnu coupable sur les cinq chefs d'inculpation. Il est maintenant de mon devoir de rendre ma sentence. Votre crime est particulièrement déplaisant. Vous êtes, si j'ose dire, un criminel particulièrement déplaisant. Vous avez volé un objet d'art appartenant au patrimoine national. Vous avez sournoisement agressé une vieille dame et un lion. Vous avez causé des milliers de livres de dégâts matériels. Et tout cela pour quoi ? Sans doute auriez-vous dilapidé votre profit en disques de rock, en cassettes de films d'horreur, et en colle que vous seriez allé renifler en cachette. »

Le juge lui-même renifla. Il plia ses doigts et fit craquer ses jointures.

« La société doit se protéger d'individus tels que vous, poursuivit-il. Si vous étiez plus vieux, la peine serait plus sévère. En l'état des choses, la cour vous condamne à dix-huit mois de prison ferme. » Coup de marteau. « La séance est levée. »

Dès lors, tout se passa très vite.

Les deux policiers me firent descendre un escalier. J'avais des menottes aux mains. Un couloir nous conduisit à une porte qui menait à un parking souterrain, où attendait un fourgon.

« Monte », m'ordonna le policier.

En venant au tribunal, j'étais encore « Nick » ou « mon gars ». Désormais je n'avais plus de nom. Une main me poussa dans le bas du dos, et mon dos n'avait jamais été plus bas. J'avais l'impression d'avoir rétréci.

« Je suis innocent », murmurai-je.

Les policiers m'ignorèrent.

Deux d'entre eux montèrent avec moi. Il y avait une petite fenêtre à l'arrière, soigneusement grillagée. La vitre dépolie brouillait le paysage, comme des larmes dans les yeux. La camionnette arriva à la surface. La cour de justice d'Old Bailey, Holborn... Londres disparut derrière nous. Les policiers ne disaient pas un mot. L'un d'eux lisait un journal. Mon propre visage me souriait sur la première page.

Maintenant je ne souriais plus. La pluie avait commencé à tomber. Les gouttes pianotaient sur le toit de tôle comme des gravillons. Je changeai de position sur mon siège. Les menottes cliquetèrent.

Nous roulions vers l'ouest. Le trajet dura environ une heure. Puis le fourgon ralentit. Un portail se referma derrière nous. Le fourgon stoppa. Nous étions arrivés.

La prison était une horrible bâtisse victorienne, avec des briques couleur de rouille et un toit en ardoises grises. Elle avait la forme d'un carré, avec un grand mur tout autour et un mirador à chaque coin. Les miradors étaient reliés au bâtiment principal par des passerelles métalliques qui pouvaient se lever ou se baisser automatiquement. Une loge vitrée se trouvait près de la porte. Le contrôle central.

On me conduisit par une porte latérale à l'intérieur de la prison. Et soudain j'eus l'impression de pénétrer dans une autre planète. Tous les bruits de la rue, même le murmure du vent, s'étouffèrent. L'air sentait la sueur et l'huile de machine. La porte se referma avec un claquement sec.

Les policiers m'escortèrent jusqu'à un comptoir où m'attendait un gardien en uniforme.

« Simple ? demanda le gardien.

— C'est bien lui, acquiesça le policier.

— Parfait. »

Les deux policiers s'en allèrent.

On m'ordonna de vider mes poches. Tous mes biens (y compris ma montre) me furent confisqués et déposés dans un carton marqué à mon nom. Le gardien en nota le contenu sur une feuille de papier.

« Deux livres en petite monnaie. Un stylo. Une

patte de lapin porte-bonheur... apparemment inefficace, ajouta-t-il avec un rire sans joie. Un sachet de chips entamé. Un élastique... »

Il me fit signer puis me demanda de me déshabiller. Mes vêtements rejoignirent le reste dans le carton. Puis il me remit un costume en toile bleue délavée, une chemise blanche, et une paire de bottes.

« Maintenant va prendre une douche, dit le garde.

— J'en ai déjà pris une ce matin.

— Fais ce qu'on te dit. »

Je pris une douche. Suivit un examen médical. Je fus palpé, tâté, piqué. On me coupa les cheveux. Enfin je fus autorisé à m'habiller. La chemise était trop petite, les bottes trop grandes, mais personne ici ne s'intéressait à la mode. Un second garde parut. Une chaîne garnie de clefs pendait sur le côté de son pantalon, jusqu'au genou.

« Par ici, 95446 », me dit-il.

95446 était le numéro déjà imprimé sur le devant de ma veste. C'était moi.

Le gardien me conduisit chez le directeur. Un homme d'âge moyen, à cheveux gris, assis derrière un bureau d'âge tout aussi moyen. Un portrait de la reine ornait le mur derrière lui. Même le sous-verre était grillagé.

« Lève-toi, jambes écartées et mains derrière le dos, quand tu t'adresses au directeur », dit le garde.

J'obéis. Le directeur lâcha son stylo, me jeta un regard las, et prit la parole. Il avait dû prononcer le même discours une bonne centaine de fois.

« 95446, commença-t-il. Vous êtes ici pour payer votre dette envers la société. Il y a la voie facile, et la voie difficile. Si vous obéissez au règlement et ne causez aucun désordre... »

Sa voix s'estompa. Je ne l'écoutais plus. Depuis mon arrivée, je n'avais plus aucune conscience réelle des choses. J'entendais encore le claquement de la porte dans mon dos et, au loin, la voix du juge répétant inlassablement, comme un écho : *« ... une peine de prison de dix-huit mois, dix-huit mois... »*

Dix-huit mois ! En sortant j'aurais quinze ans. Déjà un vieux ! Je ne trouverais jamais d'emploi. Je prendrais le thé avec des assistantes sociales. Dix-huit mois ! Je manquerais deux Coupes de football et soixante-douze épisodes du *Saint*. Et mes études ! Adieu le bac. Dix-huit mois ! Si j'essayais de marquer les jours d'un trait sur le mur, je déborderais du mur.

Je baignais encore dans ce flou lorsque le directeur termina son sermon et me renvoya dans le quartier des prisonniers. C'est à peine si je remarquai les corridors bordés de chaque côté par les cellules. C'est à peine si j'entendis les cris et les quolibets des détenus. C'est à peine si je sentis la couture de ma chemise me cisailler les aisselles et les ampoules se former sur mes talons à cause du frottement de mes bottes.

Je ne repris conscience que lorsque le gardien me propulsa d'une bourrade à l'intérieur d'une cellule et referma la porte derrière moi. La cellule mesurait environ quatre mètres sur deux. Et encore c'étaient des petits mètres. Des murs de brique nue, une minuscule fenêtre, deux chaises, une table, une cuvette, un seau, et deux banquettes superposées.

Quelqu'un émergea de la banquette inférieure et m'adressa un sourire sournois.

« Bienvenue à Strangeday Hall, môme, dit-il. Je m'appelle Johnny Powers. »

5

JOHNNY POWERS

« Bienvenue à Strangeday Hall. Je m'appelle Johnny Powers. »

Ces mots n'avaient pas été prononcés sur un ton amical. La voix était froide, ironique, teintée d'une pointe d'accent irlandais. Mon compagnon de cellule se percha sur le bord de la banquette et entreprit de rouler une cigarette. En l'observant, je sentis ma gorge devenir sèche. J'avais rencontré quelques voyous dans ma vie, mais celui-là était d'une autre trempe.

De deux ans mon aîné, il était pourtant de ma taille, lourd et empâté. Il avait d'horribles petits yeux, un nez court retroussé, des lèvres minces tordues dans un rictus permanent. Ses cheveux gominés étaient plaqués en arrière, et cela formait une ligne de démarcation qui serpentait sur le haut de son front. Il avait le teint pâle et sans vie. Peut-être manquait-il de soleil depuis trop longtemps ? Ou peut-être était-il mort sans que personne ait osé le lui annoncer ?

C'était la chose la plus effrayante de ce personnage : il était sans âge. Je savais qu'il avait quinze ans, pourtant il avait une tête de bébé, des joues rebondies, des dents parfaites et des cils si longs qu'on aurait pu les peigner. Mais lorsqu'il souriait (comme il le faisait maintenant), il ressemblait à un vieil homme, un vieil homme qui aimait tuer. Je me demandais combien avaient emporté ce sourire-là avec eux dans leur tombe.

Johnny Powers, l'Ennemi Public N° 1, semblait sorti tout droit d'un cauchemar.

« Salut, dis-je. Je m'appelle Nick Simple.

— Simple, hein ? grimaça-t-il en donnant un coup de langue sur le papier de sa cigarette pour la coller. Tu es là pour quoi ?

— Vol de bijou, répondis-je brièvement. Les Escarboucles de Woburn.

— Ah oui ? dit-il avec un regard pétillant, l'air sincèrement réjoui. Maintenant que tu en causes, je me souviens d'avoir lu quelque chose à ce sujet. » Son visage se durcit à nouveau. « Mais ne te fais pas d'illusions, môme. C'est moi le patron, dans cette taule. Tu fais comme je dis. Ou tu feras plus jamais rien.

— Oh, bien sûr. Pas de problème. »

Que répondre d'autre ? Johnny Powers perdait tellement la boule qu'elle n'allait pas tarder à rouler dans le couloir.

Je jetai mes quelques affaires sur la couchette du haut.

« Qu'est-il arrivé à ton dernier compagnon de cellule ? » demandai-je.

Johnny se fendit de son sourire grimaçant.

« Lui et moi n'étions pas très copains. Alors un soir il a sauté par la fenêtre.

— Mais il y a des barreaux, à la fenêtre ! m'exclamai-je après y avoir jeté un rapide coup d'œil.

— Ouais. Mais il a sauté morceau par morceau, répondit Powers en se plantant la cigarette au coin de la bouche. Je lui ai donné un petit coup de main. Tu vois ce que je veux dire ? Si tu as besoin d'aide, t'as qu'à demander.

— Je te préviendrai. »

Une sonnerie retentit et la porte de la cellule s'ouvrit. Je levai mon poignet, me souvins que ma montre ne s'y trouvait plus, et suivis Powers dehors. Des adolescents se déversaient des cellules des deux côtés du corridor et à l'étage supérieur. Tous portaient un uniforme identique au mien. Aucun n'avait plus de seize ans.

Aucun ne souriait.

Ils étaient environ trois cents. *Nous* étions trois cents. Désormais j'étais l'un des leurs pour les dix-huit mois à venir. Il fallait que je me fasse une raison.

Une porte donnait sur un vaste réfectoire, avec deux rangées de tables et une mezzanine à une extrémité où se tenait un gardien armé, chargé de nous surveiller. Une pancarte pendait au mur : INTERDIT AUX DÉTENUS DE PARLER PENDANT LES REPAS. Quelques minutes plus tard, je goûtai mon premier repas de prisonnier. *Goûter* n'est pas le mot. Cela n'avait aucun goût. Nous défilâmes devant un passe-plat où l'on nous servit une sorte de ragoût détrempé, de la purée et du chou, des prunes et de la crème anglaise. En fermant les yeux, il était impossible de les distinguer. Je préférai ne pas imaginer quel animal avait fini ses jours dans le ragoût. Tout ce que je peux dire, c'est qu'il avait beaucoup de graisse et pas beaucoup de viande.

Personne ne disait mot. Pendant dix minutes, on n'entendit que le raclement des cuillers et des fourchettes sur les assiettes en fer-blanc. Je ne touchai à rien. J'avais laissé mon appétit au tribunal d'Old Bailey. En ce moment, il devait rêver sur un banc à un hamburger géant. Une autre cloche sonna et chacun rapporta son plateau au passe-plat. J'avais à peine déposé le mien qu'un haut-parleur grésilla, et une voix appela :

« 95446 Simple, au parloir. »

Powers se trouvait derrière moi.

« Ben, mon gars. T'es à peine arrivé que tu reçois déjà une visite. »

Un gardien me fit longer un couloir, monter un escalier, puis entrer dans une pièce.

« Te voilà donc enfin où l'on t'espérait », me lança l'inspecteur chef Snape.

Je m'attendais à le voir tôt ou tard. Il m'avait demandé de partager une cellule avec Johnny Powers et, devant mon refus, il avait changé de tactique. Ayant appris notre excursion à Woburn, Snape avait tout manigancé, retenu les autres touristes afin de me laisser seul dans la salle des joyaux. Un de ses hommes avait déjà glissé le bijou dans ma poche de veste. Un autre avait brisé la vitrine. Je n'avais été qu'un jouet entre ses mains. Ou plutôt entre ses menottes.

À présent il était là, assis devant une table, à fumer une cigarette. En retrait, Boyle me toisait d'un air hilare, comme s'il venait d'entendre une bonne blague. La bonne blague, c'était moi. Eh bien, ils en seraient pour leurs frais. Croyaient-ils vraiment que j'allais me plier à toutes leurs combines ?

« Assieds-toi, offrit Snape.

— Snape, murmurai-je. Vous êtes un donneur. »

En réalité je le traitai d'un autre nom, mais si je vous le disais, jamais l'éditeur ne l'imprimerait.

« Prends un siège, mon garçon, insista Snape, je comprends que tu sois un peu dépité mais...

— Dépité ? m'écriai-je. Qu'entendez-vous par dépité ? On m'a condamné à dix-huit mois de prison. Dix-huit mois ! Je ne sais même pas comment je vais survivre dix-huit minutes ! Je partage une cellule avec un dingue. Vous savez ce qui est arrivé à mon prédécesseur ? Lui, il n'a pas été dépité, mais débité en menus morceaux ! »

Snape attendit que j'aie terminé et me fit à nouveau signe de m'asseoir. Boyle hocha la tête, sans cesser de sourire. Je m'assis.

« J'ai un travail à faire, reprit Snape.

— Un travail, répéta Boyle.

— Powers est sans doute la seule chance de remonter jusqu'à Fence. Je t'ai déjà expliqué pourquoi je devais le retrouver.

— Et moi, je vous ai déjà répondu non, soupirai-je. Vous pouviez en dénicher un autre pour faire ce travail.

— Il n'y en avait pas d'autre. Ce ne pouvait être que toi, mon garçon. Tu as treize ans et tu es rusé. Tu l'as prouvé dans l'affaire du *Faucon malté*. Et puis le temps nous presse.

— Le temps ? Moi, j'ai tout mon temps ! Un an et demi...

— Je crains que non, me coupa Snape en secouant la tête. Je viens juste de recevoir les derniers rapports des psychiatres au sujet de Powers.

— Et que disent les psychiatres ?

— Ils ne disent rien. Ils ont trop peur de pénétrer dans la même pièce que lui. Ils n'osent pas l'approcher. C'est un violent. Il a des tendances meurtrières...

— J'avais remarqué.

— Et son cas empire. Il peut perdre les pédales d'un jour à l'autre. S'il craque, je ne pourrai plus jamais rien tirer de lui. Il deviendra un légume...

— Je ne vois pas le problème, rétorquai-je. Ça ne vous empêche pas de travailler avec Boyle. »

J'avais enfin réussi à effacer le sourire du visage de Boyle. Il s'avança vers moi, les mains écartées.

« Non, Boyle, l'arrêta Snape.

— Je vais le tuer...

— Non !

— Je dirai que c'était un accident. Je dirai qu'il s'est débattu pour m'échapper.

— Il est déjà en prison, Boyle », lui fit remarquer Snape.

À court d'arguments, Boyle retourna bouder dans son coin.

« Vous parliez de tendances meurtrières, inspecteur Snape ? » dis-je.

Snape jeta un regard noir à son adjoint avant de se tourner à nouveau vers moi.

« Tu dois faire parler Powers tant qu'il peut encore parler, Nick. Un nom, c'est tout ce que je veux.

— Et si je refuse ?

— Alors tu resteras ici encore dix-sept mois et trente jours, soupira-t-il en haussant les épaules.

— Attendez une minute...

— Non, toi, attends une minute, mon garçon, coupa Snape. Il n'y a que deux personnes au monde qui sachent que tu n'as pas volé le grenat de Woburn : Boyle et moi.

— Et les gardes de la sécurité ?

— Tu ne les retrouveras jamais. C'est nous qui t'avons envoyé ici. Nous sommes les seuls à pouvoir t'en sortir. Mais si tu refuses de coopérer... »

Snape n'acheva pas sa phrase. Moi, c'est lui que j'aurais aimé achever.

« Fence », soupirai-je en me levant.

Je respirai profondément. Snape m'avait eu, et il le savait.

« Rapproche-toi de Powers.

— Me rapprocher de lui ? Plus près, je tombe dans son lit. D'accord, vous avez gagné. Je découvrirai ce que vous voulez savoir. Mais si jamais vous ne me faites pas sortir d'ici...

— Du calme », me coupa Snape, tout souriant.

Il plongea une main dans sa poche pour en ressortir une barre de chocolat qu'il jeta sur la table.

« Tiens, mon gars. Boyle et moi l'avons acheté pour toi. C'est du noir à croquer.

— Du noir à broyer, vous voulez dire », rectifiai-je en soupirant.

Powers attendait mon retour dans notre cellule. Il roulait une nouvelle cigarette. Il ne les fumait pas. Ce qu'il aimait, c'était les rouler.

« Alors, c'était qui ? » demanda-t-il.

J'avais préparé ma réponse.

« Les flics, répondis-je. On dirait que j'ai cogné la vieille dame plus fort que je croyais. Elle risque de clamer.

— Clamer ?

— Heu... clamser. »

Il était urgent que je m'entraîne à l'argot des truands. Je m'assis devant la table, haussai les épaules d'un geste désabusé avant d'ajouter :

« Je suppose qu'ils essayaient de me faire peur. »

C'était mon premier mensonge, et j'eus l'impression que Johnny Powers le reniflait comme un chien renifle le sang. Il me fixa avec curiosité. Ses paupières se plissèrent. Mais il ne dit rien. Pas tout de suite. Bientôt les lumières s'éteignirent. Personne ne me souhaita « bonne nuit ». Personne ne vint me border dans mon lit. L'obscurité tomba sans prévenir. Et ce fut tout.

Ma première nuit à Strangeday Hall. Je me déshabillai, grimpai sur la couchette du haut, et tirai sur moi la couverture rugueuse, et les draps encore plus rugueux. L'oreiller était dur comme du carton. La lune était pleine. Ses rayons filtraient par la fenêtre. Un carré de lumière, perché en haut du mur, divisé en rectangles par les barreaux noirs. Au loin, un avion ronronnait dans le ciel.

Je restai immobile pendant une heure, incapable de dormir. Je n'avais qu'un seul moyen de sortir de ce pétrin, et plus tôt je m'y mettrais, mieux ce serait. En maudissant Snape, j'ouvris les yeux et murmurai :

« Powers ?

— Ouais, grogna-t-il d'une voix ensommeillée.

— Je voulais juste savoir... Tu sais, je t'admire beaucoup. J'ai lu tous les journaux qui parlaient de toi. J'ai toujours eu envie de travailler dans ta bande.

— Ah ouais ? »

Impossible de deviner s'il me croyait. Sa voix était froide, neutre.

Je déglutis avant de poursuivre :

« Tu sais... quand j'ai volé ce bijou, j'avais un

lance-pierres dans ma poche. Comme les gars de ton gang : les Lance-Pierres.

— On n'a jamais eu de lance-pierres.

— Bien sûr, Powers. Mais moi, j'avais pas les moyens de m'offrir un flingue. C'est pour ça que j'ai essayé de voler le bijou... Avec toi je m'en serais sorti. On aurait revendu le bijou. Il valait un joli paquet. Le seul problème, c'est que je ne savais pas à qui le revendre... Tu l'aurais fourgué à qui, toi ? »

Il y eut un long silence. Je ne l'entendis pas quitter son lit, pourtant, une seconde après, il était debout, sa tête tout près de la mienne. La lune dansait dans ses yeux.

« Écoute, Simple, me dit-il. Je te connais pas, et ce que je connais pas, je m'en méfie. Peut-être que tu es franc du collier. Si tu l'es pas, tu vas finir étranglé. T'as pigé ? »

Il m'observait. Dans la pénombre je distinguais son visage d'enfant de chœur. Un enfant de chœur qui aurait préféré brûler l'église plutôt que d'y chanter.

« Tu veux un conseil ? Fais l'huître.

— L'huître ?

— Ouais. Ferme-la. »

Il disparut. Je me retournai sur ma couchette et fermai les yeux. Mais le soleil se leva avant que j'aie pu trouver le sommeil.

6

DEDANS...

Trois semaines après mon arrivée à Strangeday Hall, Herbert me fit parvenir un gâteau. Il l'avait confectionné lui-même, avec des œufs, de la farine, du sucre, une pincée de gingembre et une perceuse électrique Black & Decker. La perceuse était nichée au milieu. Je suppose que c'était sa version à lui de *La Grande Évasion*. Il n'aurait pas dû se donner cette peine. Dissimuler une perceuse dans un gâteau n'était pas en soi une mauvaise idée, mais il aurait dû l'y mettre *après* avoir cuit le gâteau. Car, en sortant du four, il y avait autant de gâteau dans la perceuse que de perceuse dans le gâteau. Et puis il manquait une prise électrique.

Ce fut à peu près la seule chose amusante au cours de mon premier mois de prison. J'étais entouré des plus belles brutes et gros bras que comptait ce pays, des individus capables de vous casser en deux d'un simple coup d'œil. Et là je ne parle que des gardiens. Dans l'ensemble, les détenus étaient à peu près corrects, si j'exclus ma querelle avec un pickpocket. Je n'avais pas d'argent dans mes poches, bien entendu, mais il vola mes poches.

Que dire de ma vie sous les verrous ? Plus qu'un choc brutal et rapide, j'éprouvais l'impression d'une interminable succession de mauvaises surprises. C'était la seule prison en Angleterre de ce type. Et je peux vous l'avouer maintenant, elle ne me plaisait pas du tout.

Lever à six heures du matin. Douche tiède, mais le plus souvent glacée quand le préposé oubliait de tourner le robinet d'eau chaude. Petit déjeuner : une tasse de thé, deux tranches de pain et une tranche de porridge. Ensuite, travail jusqu'à midi. Il existait deux ateliers dans la prison. Le premier fabriquait des sacs postaux. Le second, auquel je fus affecté, assemblait des poupées pour une œuvre de charité. J'ai bien dû en assembler une bonne centaine. À la fin de la première semaine, je ne pouvais plus supporter leur vue. Si jamais on vous offre une poupée avec deux rotules cassées et les initiales N.D.S. gravées en travers des épaules, vous saurez d'où elle vient.

Déjeuner à midi. Les douleurs d'estomac commençaient une demi-heure plus tard. Ensuite on nous autorisait à faire deux heures d'exercices. Le sport était encouragé à Strangeday Hall. Mais pas tous les sports. L'épreuve de cross, par exemple, avait été rayée de la liste depuis que l'équipe des Juniors avait poussé jusqu'en Scandinavie, lors de la dernière finale « inter-prisons ». Désormais nous étions seulement autorisés à courir autour de la cour. Parfois, les matons nous incitaient à pratiquer des exercices militaires pour nous garder en forme. La bataille rangée, quatre par quatre, par exemple. Ou bien défiler au pas gymnastique pendant deux heures.

Il y avait aussi les jeux-spectacles. Le football.

Je ne pus assister qu'à un seul match. Un collège de Londres, Westminster ou Eton, envoya son équipe de cadets pour disputer une rencontre « amicale ». C'était leur expression, pas la nôtre. L'ambiance fut réellement amicale quand ils descendirent du car. L'arbitre prononça un joli discours sur l'esprit sportif, et siffla le coup d'envoi. Personne ne vit venir le coup. Ce n'était que le début.

Au bout de deux minutes de jeu, notre demi-centre tabassa leur ailier droit. À la mi-temps, nous avions démoralisé leurs avants et enfoncé leurs arrières. Notre capitaine tenta de soudoyer leur gardien de but. Puis quelqu'un vola le ballon. Nous gagnâmes par 6 à 0. Ce n'était pas le score, mais le nombre des joueurs sortis du terrain sur des civières.

Après les exercices physiques venaient les exercices intellectuels. Strangeday Hall possédait, à ma connaissance, la seule classe où la craie était enchaînée au tableau noir, et le professeur protégé par des bergers allemands. Les chiens étaient probablement plus instruits que la plupart des élèves.

Après la classe, on nous enfermait dans nos cellules jusqu'au dîner. Le repas se terminait à six heures et demie, et nous étions de nouveau enfermés jusqu'à l'extinction des feux à dix heures. Une journée de la vie d'un détenu. Si j'avais dû prévoir y rester toute ma vie, je n'aurais pas tenu une seule journée.

Mais je continuais mon travail d'approche de Johnny Powers, mon ticket de sortie express. Sans doute pensez-vous que quatre semaines dans la même cellule auraient dû me suffire pour obtenir un résultat. Eh bien, vous avez tort. Johnny Powers était aussi soupçonneux qu'un serpent dans une usine de sacs à main, et deux fois plus venimeux. Je jouais au dur qui brûlait d'apprendre de son aîné les ficelles du métier. Tout ce que je voulais, c'était une identité, celle de ce Fence. Or, je n'obtenais que ricanements et monosyllabes.

Pire que tout, Johnny déraillait de plus en plus. Il souffrait de migraines. Il pouvait déchiqueter un bon bouquin (au lieu de le feuilleter comme tout le monde), et l'instant suivant, il se recroquevillait dans un coin en gémissant, la tête entre les mains, couvert de sueur. J'essayai une fois de lui offrir de l'aspirine, mais il ne m'entendit même pas. C'est alors que je découvris son secret : il avait peut-être vendu sa grand-mère aux mines de sel, mais il adorait sa mère. Il l'appelait quand il souffrait. Des heures plus tard, quand la migraine s'était estompée, voyant que sa mère ne venait toujours pas, il s'accroupissait dans un coin et suçait son pouce. Je comprenais ce qu'avait voulu dire Snape. Powers avait besoin d'une chemise neuve. Ou plutôt d'une camisole, le modèle avec les manches qui se boutonnent dans le dos. Encore quelques semaines, et il devrait troquer sa cellule contre une autre, avec des murs capitonnés. Mais moi, dans tout cela ?

Tout changea un beau jour. C'était, je crois, un mardi, mais en prison les jours se ressemblent tellement qu'ils n'ont pas vraiment besoin de nom. J'étais de corvée de nettoyage. J'avais déjà lessivé le sol de la cuisine, du réfectoire, des deux corridors, et pourtant ils étaient toujours aussi crasseux. À Strangeday Hall on ne se débarrassait jamais de la saleté. On pouvait juste la déplacer. L'après-midi touchait à sa fin et je croyais en avoir terminé, lorsqu'un maton vint me trouver. Il s'appelait Walsh mais nous le surnommions la Fouine à cause de son visage étroit, son nez pointu et sa petite moustache. Il ne m'aimait pas. D'ailleurs il n'aimait personne.

« Terminé, 95446 ? me demanda-t-il.

— Oui, monsieur Walsh, répondis-je avec un sourire. Pourquoi ne m'appelez-vous pas tout simplement 954 ? Ce serait plus sympathique. »

Il me scruta. Un tic secouait son œil gauche.

« Vous faites de l'humour, 95446 ?

— Oh non, monsieur Walsh.

— Allez nettoyer les douches. Et que ça brille.

— Mais, monsieur Walsh...

— Vous contestez, 95446 ?

— Non, monsieur Walsh. »

Les gardiens de prison et les professeurs ont certains points communs.

Il devait être environ quatre heures et demie lorsque je traversai la cour en direction des douches, situées dans un bâtiment de plain-pied, de l'autre côté. À cette heure, tous les détenus se trouvaient dans les salles de classe ou dans leurs cellules. Les gardiens postés au-dessus de moi dans leurs miradors me surveillèrent en tripotant leurs armes automatiques comme si j'étais un canard dans un stand de fête foraine. Dégommez Simple et vous gagnerez un poisson rouge ! Quelqu'un téléphona à la loge du contrôle central ; un instant plus tard, la porte de la salle des douches s'ouvrit avec un déclic.

Un avion passa très haut dans le ciel. Les avions étaient notre unique contact avec le monde extérieur, et la plupart d'entre nous auraient préféré perdre aussi celui-là. Sauf peut-être le garçon de la cellule voisine de la mienne, qui avait fait une étude « expérimentale » sur les couloirs aériens. Il aimait les expériences. C'est ce qui expliquait sa présence ici : il avait réduit son collège en cendres, mais seulement après avoir débranché la sonnerie d'alarme dans le foyer des professeurs. C'était un bon technicien. Il reconnaissait les avions au seul bruit de leur moteur. Et il les énumérait, allongé sur son lit, les yeux au plafond :

« 4 heures 22, le Tri-star de la K.L.M. à destination d'Amsterdam. 4 heures 30, le 747 de Singapour Airlines pour Singapour. 4 heures 39, le Concorde de la British Airways à destination de New York... »

Pauvre garçon. Il avait des avions dans la tête. Dans un an, il planerait complètement.

J'entrai dans le bâtiment des douches. La porte ouvrait sur une salle carrelée blanche, avec des crochets et des bancs pour poser les vêtements. Un couloir central s'étirait jusqu'à l'autre extrémité, bordé de chaque côté de cabines en métal. Les cabines n'avaient pas de rideaux. Il n'y avait aucune intimité possible à Strangeday Hall. Ou alors quelqu'un avait aussi volé les rideaux. Les douches étaient commandées par trois énormes robinets, au milieu d'un enchevêtrement de tuyaux, de conduites, de valves et de jauges, situé dans un coin des vestiaires. Le système devait déjà être hors d'âge au moment de la construction, laquelle datait au moins de la reine Victoria.

Je me croyais seul, mais j'avais à peine fait deux pas que des voix me parvinrent, basses et menaçantes. Je posai doucement mon seau, ma serpillière et j'avançai vers le couloir. Quelque chose, dans le ton des voix, me déplut et pourtant je ne distinguais pas encore les paroles. Personne n'était censé se trouver dans les douches. Si certains s'étaient faufilés ici au milieu de l'après-midi, ce n'était pas pour se laver.

J'atteignis le couloir central et me dissimulai derrière la cloison de la première cabine, près des robinets. De là j'avais une meilleure vue. La joue collée contre la paroi métallique, je risquai un coup d'œil. Ce que je découvris était pire que ce que j'avais imaginé. Et à Strangeday Hall, on n'imagine jamais des choses agréables.

Johnny Powers était là, affalé contre le mur du fond. Malgré le faible éclairage, il était visible qu'on lui avait infligé une raclée. Il était assis comme une poupée désarticulée. Personne ne lui avait encore gravé une estampille sur le dos, mais il avait le nez qui saignait et, pour une fois, les cheveux ébouriffés. Trois autres garçons se dressaient devant lui. Je les reconnus tout de suite, même de dos, et ma gorge devint toute sèche.

Le plus grand s'appelait Mark Blanc. Trois ans de prison pour vol à main armée. Il était le plus tordu de la taule : épaules tordues, hanches tordues, sourire tordu. Pourtant, curieusement, il était beau comme un mannequin. Mais c'était comme si on l'avait arraché à un magazine de mode pour le froisser. Il était chiffonné de partout. Un autre Mark l'accompagnait : Mark Durt. Deux ans pour vol de chats. Il ne volait que des chats. Petit, les cheveux graisseux, il avait un estomac volumineux, qu'il prononçait « stoma ». La moitié du temps on ne comprenait pas ce qu'il disait. Et le plus souvent on n'en avait pas envie. J'ignorais ce qui avait conduit le troisième larron en prison. Il portait un nom impossible : Zuckie Hommel. Il était blond et laid. On racontait qu'il avait tué son dentiste. Si j'avais eu les mêmes dents que lui, j'aurais probablement tué le mien aussi.

« Alors, Johnny, tu n'appelles pas à l'aide ? dit Blanc. Un maton t'entendra peut-être.

— Je n'ai besoin de l'aide de personne, grogna Powers en crachant du sang.

— Qu'on en finisse, siffla Hommel. Fais-lui son affaire maintenant.

— Ouais, vas-y maintenant, ricana Powers. Tu as un problème, Blanc ? T'as les jetons ? T'as les jetons blancs, ha, ha, ha ! »

Blanc fit un pas de côté. Je n'en crus pas mes yeux. Presque tous les prisonniers de Strangeday Hall se fabriquaient une arme quelconque, pour la plupart des couteaux. Des *surins*, comme ils les appelaient. Mais Blanc avait mieux : un revolver, et il le braquait sur Powers.

« Tu vas l'avoir, Johnny, grimaça-t-il. Mais pas tout de suite. D'après mes calculs, il te reste environ deux minutes... »

Deux minutes. Je réfléchis à toute vitesse. Que se passerait-il dans deux minutes ? Évidemment !... 4 heures 39, le Concorde de la British Airways à destination de New York. L'avion le plus bruyant de tous. Quand il passait au-dessus de notre tête, au milieu de l'après-midi, on n'entendait pas sa propre voix. Il étoufferait le bruit de la détonation. C'était la couverture idéale. Johnny Powers serait descendu et « étouffé » d'un seul coup. En tout autre cas, je me serais immédiatement retiré. Peu m'importait qui on tuait et pourquoi, ce n'était pas mon affaire. Mais il s'agissait de Powers. Si on le tuait, j'étais fichu. Snape se laisserait-il attendrir et me ferait-il sortir de prison en apprenant que Powers avait emporté son secret dans la tombe ? J'en doutais. Il me faudrait purger mes dix-sept mois et vivre avec un casier judiciaire. Je n'avais pas le choix. Il me fallait sortir Powers de là, et en état.

Je jetai un coup d'œil autour de moi, sans trop savoir ce que je cherchais. Une mitraillette miraculeusement oubliée par un gardien ? Si c'était ça, le miracle n'eut pas lieu. Je n'aperçus qu'un lacet de chaussure cassé et une vieille serviette de toilette baignant dans une flaque d'eau.

« Deux minutes, Johnny, répéta Blanc. Tu veux nous dire tes dernières volontés ?

— Ouais. Que vous tombiez raides morts. »

C'était du Johnny Powers tout craché. Si la radio lui avait demandé quelle musique il souhaitait entendre, il aurait choisi une marche funèbre.

Toutefois la serviette m'avait donné une idée. En me déplaçant le plus silencieusement possible, j'allai examiner l'antique tuyauterie des douches. Trois robinets : un pour l'eau chaude, un pour l'eau froide, le troisième pour régler la pression. Une jauge, avec des canalisations, un cadran circulaire avec un triangle rouge. J'étais certain que la manette n'avait jamais été poussée à pleine pression. Tout le système aurait explosé.

Il faut bien une première fois, n'est-ce pas ?

Je saisis le robinet. Le métal était froid et humide. En espérant qu'il ne grince pas, je le tournai d'un quart de tour vers la droite. Une vibration sonore se produisit. Les canalisations se mirent à hoqueter et l'eau à gargouiller comme un homme souffrant d'indigestion chronique.

« Qu'est-ce que c'est ? lança Durt, qui n'était pas dur d'oreille.

— C'est rien, répondit Blanc. Juste la tuyauterie. »

Je respirai et tournai encore le robinet. Deux tours complets et il se bloqua, ouvert en grand. Maintenant toutes les canalisations gargouillaient et grondaient. Je vérifiai l'indicateur de pression. L'aiguille s'agitait comme la baguette d'un chef d'orchestre. Elle pointait déjà à la verticale et commençait même à osciller vers la droite.

« Tu es sûr que ce n'est rien ? » s'inquiéta à nouveau Durt.

Il avait une voix monotone et lugubre.

« Va vérifier, si tu as des doutes, lui suggéra Blanc.

— Je voudrais vous demander quelque chose », intervint subitement Powers.

Johnny avait-il deviné que j'étais là ? Peut-être m'avait-il aperçu ? Il était le seul à faire face à la porte. Quoi qu'il en soit, il fut assez rusé pour détourner leur attention. Sinon j'aurais été découvert et nous aurions tous deux terminé avec un trou supplémentaire dont ni l'un ni l'autre n'avait besoin.

« Quoi donc ? dit Blanc.

— Qui a monté ce coup et vous a envoyés ? questionna Powers. Et qui vous a fait passer ce revolver ? J'aimerais bien le savoir.

— À ton avis ? rétorqua Blanc. C'est bon, je vais te le dire. C'est le Grand Ed.

— Le Grand Ed ?

— Ouais. Il trouve qu'il est temps que tu débarrasses le plancher... définitivement. Tu vois ce que je veux dire ?

— Voyez-vous ça, murmura Powers. Le Grand Ed...

— Blanc, écoute... », intervint à nouveau Durt.

Mais il s'arrêta... Un autre bruit montait, maintenant, plus fort que celui des canalisations. Une sorte de grondement lointain, qui s'amplifiait de seconde en seconde. Le Concorde de 4 heures 39 était pile à l'heure, et Johnny Powers en était à sa dernière.

« Le voilà, dit Blanc. Dis tes prières, Johnny. »

Je ramassai vivement la serviette mouillée pour la plaquer sur le robinet d'eau chaude. Je sentais le métal brûlant même à travers le tissu. Nos douches coulaient toujours tièdes, cette fois elles seraient bouillantes. Je vérifiai la jauge de pression : l'aiguille était dans le triangle rouge et atteignait presque le niveau maximum. Le grondement de l'avion s'était transformé en un véritable rugissement. D'une seconde à l'autre retentirait la déflagration. Je saisis à deux mains le robinet d'eau chaude protégé par la serviette, et je l'ouvris à fond, aussi vite que possible. Tout se produisit en même temps.

L'eau siffla bruyamment en courant dans les conduites et toutes les douches s'animèrent. L'eau giclait dans tous les sens. Les tuyaux vibraient violemment, comme s'ils cherchaient à s'arracher des murs. Une vapeur épaisse se répandit dans la salle, comme un brouillard soudain et impénétrable.

« Qu'est-ce que... ?! » commença Blanc.

À cet instant, l'une des douches explosa. La poire traversa la salle comme un boulet de canon. Un jet d'eau et de vapeur jaillit comme un geyser. Le Concorde passa juste au-dessus de nos têtes. Tout le bâtiment vibra. Puis il y eut un coup de revolver. C'est à peine si je l'entendis. Une seconde douche explosa, incapable de résister à la violence de la pression de l'eau. Zuckie Hommel hurla. Son visage disparut dans un nuage de vapeur blanche.

Je m'étais enveloppé la tête avec la serviette et je rampai sous le brouillard de vapeur. Je ne voyais rien. Je n'entendais pratiquement rien. Les tuyauteries cognaient frénétiquement contre les parois. Trois autres douches explosèrent. De l'eau brûlante déferla sur mon dos.

« Johnny ! » criai-je.

La serviette étouffait ma voix. Je n'obtins aucune réponse et me demandai si Blanc n'avait pas eu le temps de le descendre. Puis j'entendis le bruit mat d'un poing écrasant une joue, et une silhouette troua le brouillard pour aller s'écraser dans une cabine et s'effondrer non loin de moi. C'était Blanc. Dans les pommes et sans le revolver.

Une seconde silhouette émergea à quatre pattes de la vapeur. Cette fois, c'était Powers. Il semblait avoir miraculeusement échappé aux brûlures.

« Joli travail, môme », me dit-il.

Ses yeux brillaient et il souriait. Je ne trouvai rien à répondre. Visiblement l'aventure le réjouissait.

Tout s'arrêta aussi vite que cela avait débuté.

Le Concorde s'éloigna, et son vrombissement de supersonique avec lui. Les conduites se tordirent, cassèrent, puis se turent. La pression était tombée. L'eau, maintenant froide, s'écoulait sur le sol de ciment. Quelque part, dans la vapeur, Durt grogna. Blanc et Hommel étaient inertes. On discernait vaguement la forme de leurs corps. Je rampai avec Powers jusqu'à la porte, et nous nous relevâmes. Je ne sais comment j'eus la présence d'esprit de ramasser mon seau et ma serpillière, et tendis la serpillière à Powers. Nous traversâmes la cour. Les gardes ne cherchèrent pas à nous arrêter.

Plus tard, j'appris que Blanc et Durt avaient « écopé » pour la destruction des douches. On leur infligea à chacun un mois d'isolement et le retrait de tous leurs droits. Hommel fut expédié au dispensaire de la prison. Il n'était déjà pas joli avant, mais après la douche de vapeur, il ne lui restait plus qu'à se faire engager dans des films d'horreur. On nous interrogea, Powers et moi, sur notre rôle dans l'affaire, mais nous jouâmes les imbéciles. Blanc n'était pas en situation de raconter des histoires.

Ce soir-là, dans notre cellule, Powers me demanda pourquoi je l'avais sauvé.

Je haussai les épaules d'un air blasé.

« Je te l'ai déjà dit, je t'admire. Je n'allais pas laisser ces crapules te mettre une balle dans la peau. »

Powers se leva, la main tendue. Je la pris. Et il me restait encore cinq doigts lorsqu'il la relâcha.

« Tu es réglo, mon pote. Tu es réglo. »

C'était sa façon la plus affectueuse de dire merci. Cela me suffisait. Je me couchai tranquille. J'étais devenu son copain, exactement comme le souhaitait Snape. Bientôt je pourrais quitter Strangeday Hall. Ce n'était plus qu'une question de temps.

Ce ne fut en effet qu'une question de temps, pourtant les choses ne se déroulèrent pas comme je l'avais prévu. Mais j'en avais l'habitude !

7

... DEHORS

Le lendemain de la rixe dans le bâtiment des douches, Powers reçut une lettre. Nous recevions des lettres deux fois par semaine. Le directeur les avait auparavant lues et censurées. Si une phrase lui déplaisait, il prenait tout simplement une paire de ciseaux. C'est ainsi qu'une des lettres d'Herbert me tomba plus ou moins en miettes entre les mains. Elle commençait par *« Mon cher Nick »* et s'achevait par *« Ton grand frère Tim »*. Entre les deux il n'y avait que des trous, à l'exception du mot *« perroquet »*, que je retrouvai froissé dans le fond de l'enveloppe. Au moins cela me permit de savoir qu'il continuait de rechercher le vase Ming. À moins que, par miracle, il ne l'eût déjà retrouvé.

La lettre reçue par Powers lui parvint intacte. Il la relut trois fois, en se concentrant sur chaque mot. Puis il tourna en rond dans la cellule pendant une heure. J'avais appris à ne pas poser de questions. Si Powers voulait me mettre au courant de quelque chose, il me le dirait. Finalement il revint vers la table.

« Je vais sortir d'ici, déclara-t-il.

— Sortir d'ici, Johnny ? répétai-je bêtement. Comment ?

— Lis ça. »

Il me fourra la lettre dans la main.

Johnny,

Mauvaises nouvelles, mon chéri. Papy a été hospitalisé en salle de soins intensifs. On envisage une autre opération. L'hôpital de Kingston est prêt, mais la dernière opération de Papy n'a pas bien réussi. Tout le monde est inquiet.

Caroline et Oliver se sont mariés hier à Édimbourg. Il est opticien, et très calé pour les yeux. Ils nous manquent beaucoup.

Pas d'autres nouvelles importantes. Prends soin de toi.

À toi,

Ma.

Je levai les yeux. Powers m'observait, guettant ma réaction.

« Mauvaises nouvelles, dis-je.

— Ouais...

— Tu dois être inquiet au sujet de ton grand-père, mais je ne comprends pas...

— Mon grand-père est mort depuis dix ans ! s'exclama Powers en étalant la lettre sur la table. Tu ne comprends rien. Ma et moi avons un code secret. »

Je relus la lettre mais sans rien déceler.

Powers agita le pouce vers la feuille.

« En gros, ça donne : LE GRAND ED PREND LE POUVOIR. VIENS IMMÉDIATEMENT.

— Le Grand Ed », murmurai-je.

J'avais entendu ce nom la veille. C'était l'homme qui avait envoyé Blanc et ses comparses s'occuper de Powers.

« Tu partages Londres en quatre tranches, expliqua Powers : Nord, Sud, Est et Ouest. Chacune est dirigée par un gang. C'est une sorte de... d'arrangement amiable. Moi, je contrôlais le secteur Est, jusqu'à ce qu'on me boucle ici. Depuis, c'est Ma qui dirige. C'est un as, ma maman. Un caïd. Le Grand Ed, lui, il tient le Sud. Tout allait bien jusqu'au jour où il est devenu gourmand. Avec moi hors jeu, il croyait pouvoir grignoter ma part du gâteau. Seulement il préférait me voir définitivement éliminé. Alors il a envoyé Blanc et les autres pour me descendre. Et maintenant il s'attaque à Ma. »

Powers s'interrompit et je vis avec surprise une larme rouler le long de sa joue pâle et ronde d'enfant de chœur.

« Tu connais pas Ma, reprit-il. Elle est aussi dure qu'un vieil ongle. C'est une tueuse. Et sa cuisine ! Personne ne sait faire la moussaka comme elle, toute chaude et onctueuse, avec le fromage par-dessus. Elle m'en a envoyé une ici, en février dernier.

— La moussaka de la Saint-Valentin ?

— Tout juste. Mais c'est une vieille dame. Elle ne peut se défendre toute seule contre le Grand Ed. Elle a besoin de moi. Ça explique sa lettre. »

Johnny se releva pour s'approcher de la porte. Il tendit l'oreille un instant puis, satisfait, revint vers la table.

« Je vais me tirer d'ici, dit-il à voix basse. Et tu vas venir avec moi.

— Terrible ! » répondis-je.

Je le pensais sincèrement, mais au sens de *terrifiant.*

« Nous filerons ensemble.

— Quand ? Comment ?

— Laisse-moi y réfléchir, môme. »

Et ce fut tout.

Une autre semaine passa. J'assemblai encore une cinquantaine de poupées, lavai la vaisselle, nettoyai le sol, tournai en rond dans la cour, et m'endormis en classe. J'appris que Zuckie Hommel avait obtenu une libération conditionnelle et qu'il était sorti de l'hôpital, où il avait laissé la moitié de sa figure. Pendant tous ces jours, c'est à peine si Powers desserra les dents. Mais il reçut deux visites de son avocat, et revint à chaque fois du parloir un sourire rusé aux lèvres et une lueur inquiétante dans le regard. Ils n'avaient sûrement pas discuté de finasseries juridiques.

Le puzzle se mit en place un vendredi matin, six semaines après mon arrivée à Strangeday Hall. Il y avait deux horaires de parloir le vendredi, le matin et l'après-midi. Powers avait reçu la visite d'une fille qui se prétendait sa cousine. Si elle était sa cousine, moi, j'étais Simon Templar. Powers regagna la cellule les joues rouges, mais pas seulement d'excitation. Il était aussi furieux.

Il attendit d'être sûr que personne n'écoutait pour s'approcher de moi et me souffler à voix basse :

« C'est parti, on file cette nuit.

— Cette nuit ?

— Tout juste, môme. Mais il y a un problème. Nails Nathan, grogna-t-il en cognant un poing dans sa paume.

— Qui est-ce ?

— Mon chauffeur d'évasion. Il est malade. Empoisonnement alimentaire. Je vais te l'empoisonner tout à fait, moi.

— On ne peut pas attendre qu'il soit guéri ?

— Impossible d'attendre. Tout est organisé. On doit filer ce soir. Au fait, tu m'as bien dit que ton frère devait venir te voir cet après-midi, non ?

— En effet, oui.

— Il sait conduire ? demanda Powers.

— Oui, mais...

— C'est parfait, alors, sourit-il en cessant de se cogner les mains l'une contre l'autre. Dis-lui de se trouver dans la salle des départs n° 2, à Heathrow, à onze heures ce soir.

— À l'aéroport d'Heathrow ? m'étonnai-je. On va prendre l'avion ?

— Tu verras, sourit Powers. Assure-toi bien qu'il soit au rendez-vous.

— Mais, Johnny, Herbert n'est pas particulièrement... »

Je n'allai pas plus loin. Le sourire de Powers s'était subitement effacé et la folie luisait à nouveau dans ses yeux.

« C'est ton frère et il sait conduire, grommela-t-il. C'est tout ce qui compte. Me laisse pas tomber, môme, je compte sur toi. »

J'aurais pu lui dire qu'Herbert était totalement incompétent. J'aurais pu lui dire qu'il avait obtenu son permis de conduire seulement à la sixième tentative et que, à la cinquième, il avait roulé sur l'examinateur. J'aurais pu ajouter que mon frère était trop peureux pour oser franchir même une ligne jaune. À plus forte raison pour conduire des criminels en fuite. Mais Johnny Powers comptait sur moi. Si je discutais, mon compte était bon.

« Je lui demanderai, promis-je.

— C'est ça, môme. Demande-lui gentiment. Et dis-lui, si jamais il refuse, que le prochain véhicule qu'il prendra, ce sera un corbillard », conclut Powers avec un sourire.

*
* *

Le parloir principal de la prison était une longue salle étroite, divisée en deux zones identiques. Une rangée de tables, semblables à de petites tables de ping-pong, s'alignait au milieu. Des grilles métalliques faisaient office de filets. Deux portes menaient au parloir : l'une pour les détenus, l'autre pour les visiteurs. Les détenus s'asseyaient à un bout de la table, les visiteurs à l'autre. Il était interdit de passer quoi que ce soit par-dessus les grilles. Il était interdit de se serrer la main. Deux gardiens surveillaient la salle en permanence et épiaient les conversations.

J'avais un problème : comment dire à Herbert de

se présenter à l'aéroport d'Heathrow à onze heures du soir, sans lui expliquer pourquoi ? Je savais qu'il allait discuter, et probablement à haute voix. Or, si les gardiens nous entendaient, c'était la fin.

Herbert avait déjà pris place lorsque j'arrivai dans le parloir. C'était sa première visite. Il m'observait bouche bée, plus ahuri que jamais. L'uniforme bleu de prisonnier et le numéro imprimé dessus l'impressionnaient sans doute. Mais comment s'attendait-il à me voir habillé : en queue-de-pie et chapeau haut de forme ? Je m'assis et, pendant un long moment, ni l'un ni l'autre nous ne pûmes articuler une parole. Herbert desserra sa cravate et son col de chemise.

« Ça sent le renfermé, ici, souffla-t-il.

— C'est une prison, Herbert, lui rappelai-je.

— Oh oui... oui, bien sûr. Comment vas-tu ?

— Je vais bien.

— Bon... après tout, il ne reste plus que dix-sept mois. Et, avec un peu de chance, ils te libéreront avant pour bonne conduite. Comment te conduis-tu ?

— Bien, répondis-je.

— Bon. »

Suivit un long silence. Herbert était manifestement à court d'inspiration. Il n'avait encore jamais eu un frère en prison et il ignorait que j'étais innocent. Il sortit de sa poche un paquet de chewing-gums et m'en offrit un.

« Défense de passer à manger par-dessus la table ! aboya l'un des gardes.

— Et sous la table ? s'enquit Herbert.

— Défense de passer quoi que ce soit. »

Herbert haussa les épaules, roula un chewing-gum pour le lancer dans sa bouche. Il rata son but et le reçut dans l'œil. Je poussai un soupir.

« Comment vont papa et maman ? demandai-je.

— Je leur ai téléphoné en Australie, répondit Herbert. Ils ont mal pris la nouvelle. Maman a piqué une crise de nerfs, et papa te renie. »

Autre long silence. Et voilà pour la loyauté familiale !

« Je n'ai pas beaucoup de temps, marmonna Herbert en consultant sa montre.

— Au fait, et les avions, Herbert ? Tu t'amuses toujours à les observer ?

— Quels avions ? » s'exclama-t-il d'un air ébahi, en me regardant comme si j'étais devenu fou.

L'un des gardes nous écoutait, sa curiosité éveillée. Je lui souris.

« Eh bien oui, dis-je. Certains regardent passer les trains, mon grand frère, lui, regarde les avions.

— Mais..., commença Herbert.

— Tu as vu quelques beaux Jumbos, ces temps-ci ? »

Mon sourire s'élargit exagérément. Le garde se détourna. Je lançai un clin d'œil à Herbert.

« Tu ne devais pas aller à Heathrow, ce soir, à onze heures ? Dans le hall des départs n° 2 ? ajoutai-je en clignant furieusement de l'œil.

— Nick, tu as quelque chose dans l'œil ? s'inquiéta Herbert.

— C'est ça, dis-je avec un rire forcé. Et peut-être pourras-tu m'acheter un collyre, ce soir, à l'aéroport d'Heathrow, à onze heures, dans le hall des départs n° 2 ?

— Mais, Nick... »

Que pouvais-je faire d'autre ? J'allongeai la jambe sous la table et lui décochai un coup de pied violent. Trop violent. Herbert poussa un cri. Les deux gardes se précipitèrent.

« Que se passe-t-il ? questionna l'un d'eux.

— Ce n'est rien, répondis-je. Mon frère me faisait juste une imitation. Un décollage de 747. Vous savez... un Boeing 747...

— Ma jambe..., grogna Herbert.

— Oui, sa jambe, m'empressai-je de poursuivre. Il a mal à la jambe et il avait peur de ne pouvoir aller observer les avions, ce soir, à l'aéroport d'Heathrow. »

Maintenant tout le monde nous observait. Les deux gardes secouèrent la tête.

« Le temps de visite est terminé », annonça l'un d'eux.

Je me levai et quittai le parloir à la suite des autres

détenus, sous le regard fixe d'Herbert qui se frottait pensivement la cheville. J'avais vraiment dû lui faire mal. Mais avait-il bien compris le message ?

Dans une prison, le temps passe lentement. Cet après-midi-là s'éternisa comme un agonisant sur son lit de mort. Enfin le soleil déclina derrière les murs de la prison et le soir tomba. Johnny Powers avait à peine prononcé un mot depuis mon retour du parloir. Je lui avais expliqué qu'Herbert avait reçu le message et viendrait au rendez-vous.

« D'accord, môme, on se tire à minuit », avait-il répondu.

Powers parlait sans bouger les lèvres et je me souviens d'avoir pensé qu'il ferait un bon ventriloque. Avec Herbert dans ses rangs, il n'avait même pas besoin d'acheter une marionnette.

Mais Herbert se montrerait-il à Heathrow ? Je ne cessais de me poser la question. Que se passerait-il s'il ne venait pas ? Cette question-là, en revanche, j'essayai de me la poser le moins possible. J'avais des visions atroces de mon corps gisant dans la cour de la prison. Si les gardes ne me tuaient pas, Powers le ferait.

L'heure du dîner arriva. Je fus incapable d'avaler une seule bouchée. Puis tout le monde réintégra sa cellule. Powers s'assoupit. Moi, étendu sur ma couchette, je rédigeai mentalement mon testament. Her-

bert hériterait de mes livres, de mes disques, et de ma collection de timbres. Snape et Boyle auraient mes caleçons à poche kangourou australiens. *On se tire à minuit.* Comment Powers saurait-il l'heure puisque nous n'avions plus de montre ? Et quel était son plan ? Quatre portes nous séparaient du portail principal. Grimper sur les murs ne nous avancerait à rien car ils étaient trop hauts pour que l'on puisse sauter de l'autre côté. Sans oublier les gardes postés sur les miradors.

Un avion passa en ronronnant. Powers ouvrit les yeux.

Il ne dit pas un mot. Il roula sur lui-même et fouilla sous son matelas. Un instant plus tard il était debout dans l'obscurité. Un froid rayon de lune lui léchait le visage. Ses yeux étaient noirs, sa peau blafarde. La lune accrocha le revolver qu'il tenait dans sa main droite. Le revolver du bâtiment des douches. Powers n'avait que quinze ans, pourtant d'une certaine façon il était déjà mort. Une image oubliée d'un ancien film de gangsters en noir et blanc.

Il se tourna vers moi.

« Il est minuit. C'est l'heure de partir. »

8

DE L'AUTRE CÔTÉ DU MUR

« Que fait-on, Johnny ?

— Reste couché, mets tes mains sur ton ventre, et commence à gémir. »

J'hésitai à peine une demi-seconde. Juste le temps qu'il lui fallut pour se retourner et souffler entre ses dents : « Vas-y ! » Alors je me roulai en boule sur moi-même et me mis à geindre comme si j'allais vomir. Ce qui n'était pas loin d'arriver. La peur me donnait toujours un peu la nausée, et à ce moment j'avais peur à en perdre l'esprit.

Powers, lui, l'avait déjà perdu. Je savais ce qu'il s'apprêtait à faire.

Il m'adressa un clin d'œil, et se mit à marteler la

porte de son poing fermé. Le bruit résonna dans tous les corridors. Des pas lourds piétinèrent dans la coursive. « Garde ! cria Powers. Garde ! » Un autre détenu protesta. Une clef cliqueta dans la serrure et j'accentuai mes gémissements. Powers recula d'un pas.

Walsh était de service, cette nuit-là. J'aperçus sa silhouette s'encadrer dans le rectangle de lumière jaune de la porte.

« Que se passe-t-il, 00666 ?

— C'est le môme, répondit Powers. Il est malade. »

Depuis l'histoire des douches, Walsh ne nous faisait plus confiance. Je crus un moment qu'il allait repartir. Je poussai un gémissement déchirant et me mis à trembler. Mon numéro ne m'aurait pas rapporté un prix d'interprétation, mais il convainquit Walsh. Le gardien dépassa Powers et vint se planter près de moi. Powers m'adressa un signe derrière son dos en reculant vers la porte. Le message était clair. Je devais retenir l'attention de Walsh.

« Je suis malade..., grognai-je... ce que j'ai mangé...

— Depuis combien de temps es-tu malade ?

— Depuis six heures. Comme 62426.

— 62426 ?

— Oui... lui aussi est malade. Beaucoup trop.

— Trop pour quoi ?

— Trop malade pour manger. Comme 42628.

— 42628 est trop malade pour manger, lui aussi ?

— Non. 42628 mange trop. Mais 62426 est trop malade. »

Je ne sais si Walsh comprit un seul mot de ce que je racontais. Moi, en tout cas, je ne suis pas certain de m'être compris moi-même. Mais pendant que je retenais l'attention du gardien, Powers avait eu le temps de jeter un coup d'œil dans le corridor pour s'assurer que la voie était libre. Puis il avança vivement vers Walsh et lui colla le canon de son revolver contre la nuque. Il ronronnait de plaisir comme un chat. Mais un chat sauvage.

« Walsh la Fouine, souffla Powers à voix basse. Si tu bouges, je décore les murs avec ta cervelle.

— Powers ! Tu es fou ! haleta Walsh, le teint blême.

— Bien sûr que je suis fou. C'est ce que disent les médecins. Mais je ne suis pas fou de cette taule, Walsh. Voilà pourquoi tu vas me servir de billet de sortie. Va jeter un coup d'œil, môme », ajouta-t-il à mon adresse en indiquant la porte.

J'y allai. L'étroit corridor semblait s'étirer à l'infini. Les pâles ampoules jaunes jetaient des flaques de lumière sur le sol.

« La voie est libre, Johnny.

— Allons-y, décida Powers en poussant le gardien. À la moindre tentative, Walsh, je te troue la peau. »

Nous nous engageâmes dans la coursive. La prison est un curieux phénomène. On s'habitue assez vite à être enfermé. Cela me paraissait bizarre de marcher dans le couloir en pleine nuit. Le silence avait une force presque physique. Les ombres semblaient s'étirer pour me saisir. Tout me semblait trop grand. Mon sang cognait dans mes oreilles et la sueur collait mes cheveux sur mon front. J'avais envie de faire demi-tour. J'avais envie d'entendre la porte de la cellule se refermer derrière moi. Je comprenais maintenant ce que notre hamster avait éprouvé en sortant de sa cage, pendant un réveillon de Noël.

Quatre portes nous séparaient de la grille principale. On nous découvrit au moment où nous nous attaquions à la quatrième. Walsh avait ouvert les trois premières sans problème. Mais lorsqu'il tourna la clef dans la dernière, les sirènes se mirent à hurler et tout bascula dans la folie.

Nous grimpâmes un escalier qui nous mena non seulement en haut, mais dehors. L'air frais me claqua comme une gifle. Les sirènes hurlaient dans tous les coins, elles déchiraient la nuit. Quelqu'un alluma un projecteur. Un rond de lumière traversa la cour, tout en bas, remonta le long du mur, brique par brique. Puis le faisceau nous épingla. L'espace d'un instant, je fus complètement aveuglé. Je crus que j'allais perdre l'équilibre mais Powers dut me rattraper de justesse car je me retrouvai le dos plaqué contre la paroi.

La quatrième porte ne nous avait menés nulle part. Nous nous trouvions sur une petite plateforme, à une dizaine de mètres au-dessus du sol, la même hauteur que le mur d'enceinte. La plateforme était juste en face d'un des miradors. Je discernai la silhouette des gardes derrière le rideau de lumière. Ils pointaient quelque chose sur nous. Quelque chose de long et mince. Et ce n'était pas un télescope. Un vrai tir aux canards. J'attendis la détonation qui devait mettre fin à notre aventure.

Mais il n'y eut pas de détonation. Rien. Les sirènes se turent, brutalement absorbées par le silence. Maintenant on pouvait entendre des gens crier. Une demi-douzaine de gardiens traversèrent la cour en prenant soin de rester dans l'ombre. Je regardai Powers. Avait-il un plan pour nous sortir de ce guêpier ? Il avait envoyé Herbert à l'aéroport. Je levai les yeux au ciel, m'attendant presque à voir surgir un hélicoptère. Mais c'était absurde. Powers avait besoin d'un chauffeur, pas d'un pilote. Alors quoi ?

« Écoutez-moi ! cria Powers. Faites ce que je vous dis et il n'y aura pas de blessés.

— Pose ton arme et rends-toi, Powers ! »

Je ne sais qui cria cela. Ce fut juste une voix, qui jaillit de la nuit.

« Je n'ai rien à perdre, répondit Powers. Si vous n'obéissez pas, c'est Walsh qui trinque. »

Powers poussa Walsh sur le rebord de la plate-forme. Il savait ce qu'il faisait. Si quelqu'un se risquait à tirer maintenant, le gardien tomberait.

« Abaissez la passerelle ! cria Powers. Tout de suite ! »

J'avais oublié la passerelle. Chaque mirador était relié à la prison par un pont métallique qui pouvait se lever et se baisser automatiquement. Voilà pourquoi Powers nous avait conduits ici et non dans la cour. Mais allaient-ils lui obéir ? La réponse ne tarda pas. Un bourdonnement se fit entendre et une forme rectangulaire s'étira jusqu'à nous. Tant que Powers tenait Walsh, il menait le jeu.

La passerelle qui nous reliait au mirador était libre. Je regardai Powers. Il souriait de toutes ses dents, comme un enfant dans une fête foraine.

« Très bien ! lança-t-il aux deux gardes du mirador. Déposez vos armes et avancez jusqu'ici. Tout doucement. Et pas d'entourloupes ! »

Les gardiens obéirent. Une minute plus tard, nous nous retrouvâmes à cinq sur l'étroite plate-forme.

« Tu ne t'évaderas jamais comme ça, Powers, remarqua un garde.

— Ah non ? Alors regarde-moi bien. En avant, le môme... »

D'une certaine manière, je trouvai plutôt agréable que quelqu'un se souvienne de mon existence. Car, jusqu'ici, personne ne semblait avoir remarqué que je m'évadais aussi. Tenant Walsh entre nous deux, Powers et moi avançâmes lentement jusqu'au mirador.

« Relève la passerelle ! » ordonna Powers.

Walsh abaissa une manette et la passerelle se releva.

Nous étions donc désormais retranchés dans la tour de contrôle, tout contre le mur d'enceinte. Il y avait une fenêtre qui donnait sur l'extérieur, mais nous étions toujours dans la prison. Sauter par la fenêtre nous aurait valu, avec de la chance, au moins une jambe cassée. Le mur mesurait une dizaine de mètres et la route qui longeait la prison était en ciment.

« Tu ne pourras pas t'échapper par là, Powers, dit Walsh, en écho à mes propres pensées.

— Tu crois ça, hein ? ricana Powers en se tournant vers moi. Regarde si tu vois quelque chose, môme. »

Je me penchai par la fenêtre. Et là, en effet, j'aperçus quelque chose. Quelque chose que je n'avais jamais vu. Ce n'était pas une voiture, ce n'était pas un camion. C'était une sorte de longue boîte rectangulaire qui avançait à environ cinq mètres du sol. Elle était surélevée par des bras hydrauliques, bien au-dessus des roues. Quatre matelas avaient été sanglés sur le toit. L'engin roulait à environ vingt-cinq à l'heure, dans notre direction.

« Il arrive, Johnny, annonçai-je, sans trop savoir ce que ce *il* était exactement.

— Voilà un petit cadeau en souvenir de moi, la Fouine », ricana Powers.

Il avait saisi le revolver par le canon et, sans prévenir, en abattit la crosse sur le crâne de Walsh, qui s'écroula. Je fus soulagé de voir qu'il respirait encore. Je ne l'avais jamais aimé, mais après tout c'était un maton comme les autres, qui faisait son travail.

Je revins à la fenêtre. L'engin approchait.

« On saute ? demandai-je.

— Tout juste, môme. Tu as tapé dans le mille, sourit Powers.

— Oui, toi aussi », répondis-je en désignant Walsh.

Nous grimpâmes sur le rebord de la fenêtre. Aucun bruit ne nous parvenait de la prison. Personne ne pouvait nous voir, ni sans doute imaginer ce que nous nous apprêtions à faire. L'engin vira vers nous sans ralentir. De près, il semblait rouler beaucoup plus vite que je l'avais cru, et le conducteur manquait visiblement d'assurance. Le véhicule ballottait dans tous les sens, les pneus frottaient contre le trottoir. Brusquement il bifurqua et je crus qu'il allait nous manquer, mais il se rapprocha à nouveau.

« Maintenant ! » cria Powers.

Je sautai.

La chute me parut longue. J'eus l'impression de rester en l'air très longtemps, comme Alice partant au Pays des Merveilles. Le moteur de l'engin grondait. Enfin je touchai le matelas, roulai sur moi-même et cherchai à agripper une poignée quelconque. L'atterrissage fut brutal. Je ne me cassai aucun os, mais je dus casser quelques ressorts.

Powers était près de moi.

« Rentre à l'intérieur », me dit-il.

Le véhicule continuait de zigzaguer sur la route. Le chauffeur n'était pas un casse-cou de la vitesse. Pour le reste, c'était différent, car on risquait justement de se rompre le cou en tombant. Le vent dans les cheveux, je rampai le long du toit jusqu'à l'arrière où on distinguait une ouverture carrée. J'apercevais des lumières. Les roues frôlèrent à nouveau le trottoir et une poubelle vola en l'air. Je serrai les dents, saisis le rebord du toit, et me laissai glisser dans le vide. Je restai un moment suspendu. La route défilait sous moi. Puis j'essayai de balancer mon corps pour me glisser par l'ouverture. Des mains puissantes m'agrippèrent. On me tira à l'intérieur et j'atterris à quatre pattes. Je me relevai en clignant des yeux. Alors seulement je compris dans quel engin nous étions en train de nous évader.

Si vous êtes déjà allé dans un aéroport, vous pouvez imaginer la scène. Prenez un bus d'aéroport normal, mais avec davantage de sièges et de néons. Puis posez-le sur des bras métalliques, entre les roues et le châssis. Lorsque vous sortez d'un avion, vous vous trouvez à plus de quatre mètres du sol. Avec cet engin vous n'avez pas besoin de descendre un escalier. Le conducteur le gare le long de l'avion, presse un bouton et la cabine s'élève jusqu'au niveau de la porte. Vous entrez dedans, le bus redescend à nouveau sur ses roues, et on vous conduit jusqu'à l'entrée de l'aéroport où, à condition que le conducteur ne s'appelle pas Herbert Tim Simple, vous débarquez enfin.

Mais notre conducteur était Herbert. Je l'apercevais à l'avant du bus, dans une cabine, entouré de cadrans et de manettes. À chaque tour de volant il émettait des sons bizarres, il couinait, pleurnichait.

« Johnny, mon garçon ! » lança une voix derrière moi.

Je me retournai. Powers m'avait suivi à l'intérieur du bus, et maintenant il faisait face à l'homme qui nous avait secourus. Seulement ce n'était pas un homme. C'était une femme. Je n'avais pas besoin de lui demander son nom pour savoir qui elle était.

Ma Powers. La mère de Johnny.

À première vue, elle ressemblait à n'importe quelle autre mère. Environ cinquante ans, elle portait une jupe noire très stricte, avec une veste assortie et un chemisier à fleurs boutonné jusqu'au menton. Ses cheveux grisonnants étaient en partie masqués par un grand chapeau en velours noir. Un simple trait de rouge sur ses lèvres minces pour tout maquillage, elle portait des boucles d'oreilles en or et une broche en camée en forme de rose.

Mais contrairement aux autres mères, Ma Powers avait une mitraillette et des chargeurs en bandoulière. Plus je la regardais, moins elle me plaisait.

Ses yeux, comme ceux de Johnny, étaient comme deux trous de balles dans une porte de réfrigérateur. Son visage était dur et buriné par les intempéries. Quand je dis « intempéries », je parle de tempêtes et de blizzards. Sa peau ridée pendait comme détachée des os. Lorsqu'elle souriait, ce qui était rare, on voyait ses dents jaunes et entassées les unes contre les autres, comme des passagers du métro à l'heure de pointe.

« Comment vas-tu, Johnny ? » demanda-t-elle.

Ma Powers parlait comme son fils, mais d'une voix plus grave.

« Ça va, Ma. Content de te voir.

— C'est ton ami ? dit-elle en me regardant.

— Oui, Ma. Nick... Viens que je te présente.

— Pas maintenant, Johnny. Il faut filer. »

La voix de Ma Powers ne m'avait pas empêché d'entendre le hurlement des sirènes de police. Par la vitre arrière du bus, je vis les phares clignoter au loin. Herbert poussa un grognement. Nous roulions seulement à trente à l'heure. À cette vitesse, la police ne tarderait pas à nous rattraper.

« Va aider ton frère, m'ordonna Ma Powers. Je vais les repousser. »

Elle arma sa mitraillette et se dirigea vers l'arrière.

« Nails a trafiqué le bus ? s'enquit Powers.

— Bien sûr, Johnny, le rassura Ma. Vitres à l'épreuve des balles, carrosserie découpée à l'arrière, moteur gonflé. Dommage que le chauffeur ne soit pas gonflé, lui aussi, ajouta-t-elle à mon intention. Dis-lui d'appuyer sur l'accélérateur. »

Je courus vers l'avant avec Powers. Herbert était livide. Il avait les yeux exorbités et les mains crispées sur le volant comme s'il voulait l'arracher.

« Nick... ! s'exclama-t-il en me voyant.

— Pas maintenant, Herbert.

— Tu peux baisser ce truc ? » lança Powers.

Nous étions toujours à quatre mètres au-dessus du sol, plus haut qu'un bus à impériale. Mais notre bus à nous n'avait pas de rez-de-chaussée.

« Je ne sais pas comment ça marche, gémit Herbert.

— On ne t'a pas expliqué ?

— Si, mais j'ai oublié.

— Tournez à la prochaine à gauche ! » cria Ma Powers de l'arrière.

Herbert enfonça la pédale et braqua le volant à gauche. Emporté par son élan, l'engin se cabra et, l'espace d'un horrible moment, se mit à rouler sur deux roues. Je crus que nous allions nous retourner mais il retrouva miraculeusement son équilibre.

« Descendez la plate-forme ! cria Ma Powers.

— Descends le bus ! » hurlai-je.

Je l'avais vu dès que nous avions tourné : un panneau de signalisation avec un triangle rouge. « PONT, HAUTEUR MAXI. 3 M. » Herbert l'avait vu, lui aussi. Il releva le pied de l'accélérateur et le bus ralentit aussitôt. Un crépitement de mitraillette éclata à l'arrière.

« Plus vite ! » cria Ma Powers.

Elle tenait sa mitraillette comme un bouquet de fleurs. Mais on n'avait jamais vu un bouquet de fleurs cracher de la fumée. Au loin, sur la route, je vis la première des voitures de police atteindre le virage. Malgré notre moteur gonflé, elle gagnait du terrain. Et quatre autres suivaient.

« Que dois-je faire ? demanda Herbert.

— Continue de rouler, et vite », répondit Powers.

Herbert allait répliquer, mais quelque chose dans la voix de Johnny le retint. Il poussa un petit couinement plaintif et écrasa l'accélérateur. Le bus bondit en avant.

La mitraillette crépita à nouveau. La route était étroite, bordée des deux côtés par une clôture métallique. Il n'y avait qu'une seule issue : rouler droit devant. Oui mais voilà, il fallait passer sous un pont. C'était un pont arrondi qui supportait une voie de chemin de fer. Je pouvais déjà apercevoir les rails. Je les voyais même de haut. À l'allure où nous roulions, il nous restait environ trente secondes avant le choc. Car la carlingue du bus allait s'écraser contre la paroi de briques. Et je préférais ne pas imaginer la suite.

Powers courut rejoindre sa mère, probablement pour l'avertir. Je restai près d'Herbert et luttai pour conserver mon équilibre tant le bus tanguait. Herbert n'essayait même pas de baisser la cabine. Il avait bien trop peur pour oser lâcher le volant. J'examinai désespérément le tableau de bord. Pourquoi y avait-il tant de manettes ? Ma Powers déclencha un nouveau tir de barrage. Et cette fois elle atteignit sa cible. La sirène de la voiture de police s'étrangla subitement. On entendit des pneus hurler, un grand bruit métallique, puis une explosion. Une lueur rouge se refléta sur le pont du chemin de fer.

Plus que vingt secondes avant l'impact.

Mes mains coururent sur le tableau de bord pour actionner frénétiquement tous les boutons et manettes. C'est ainsi que j'éteignis les phares, ouvris et refermai les portes, abaissai l'antenne et manœuvrai les rétroviseurs. Mais la cabine du bus ne descendait toujours pas. À l'arrière, Powers s'était mis à tirer avec le revolver qu'il avait emporté de la prison. La mère et le fils s'amusaient comme des petits fous. Une deuxième voiture de police avait remplacé la première. Et les policiers avaient eux aussi ouvert le feu. Je pressai un autre bouton. Le cendrier jaillit de la console.

Plus que dix secondes avant l'impact.

Maintenant le pont emplissait tout le pare-brise. Herbert marmonnait entre ses lèvres. Sans doute une prière. Je laissai retomber ma main. Ma paume heurta une petite boule noire à l'extrémité d'une manette. Aussitôt j'entendis un sifflement sous mes pieds. Les bras hydrauliques s'étaient mis en mouvement. Le bus commença alors à descendre, comme un manège à la fin du tour.

Mais allait-il s'abaisser à temps ? Il ne restait plus que quelques secondes.

« Freine, Herbert ! » criai-je.

Nous avions atteint le pont.

Le bus avait tout juste la place de passer dessous. C'était une question de centimètres. D'ailleurs, les matelas ne résistèrent pas. Je les entendis s'arracher de leurs sangles et glisser le long du toit. Puis ils s'écrasèrent sur la route derrière nous, juste sur la voiture de police de tête. Le conducteur braqua pour les éviter, monta sur le trottoir, transperça la clôture, et alla percuter un lampadaire. Ma Powers éclata d'un rire bref.

« Beau travail, môme ! » me lança Johnny Powers.

Mais ce n'était pas fini. Nous avions éliminé deux voitures de police. Il en restait trois, qui gagnaient déjà du terrain sur nous. Ma Powers les arrosa d'une grêle de balles. Un pare-brise explosa. Deux des voitures de police bondirent en avant, la troisième resta en retrait pour couvrir l'arrière.

La route s'était élargie. Les deux voitures de tête s'écartèrent pour nous encadrer. Nous étions pris en sandwich.

« Nick... », murmura Herbert.

Il n'y avait pas beaucoup de circulation à cette heure de la nuit, pourtant un camion surgit en face. Avec nos deux voitures de police en escorte, nous occupions toute la chaussée. Quelqu'un devait céder le passage.

Ce fut le camion. À la dernière seconde, avec ses pleins phares qui nous aveuglaient et ses coups de klaxon assourdissants, il braqua sur le bas-côté, quitta la route et traversa le champ en zigzaguant. Le camion transportait des œufs. Je le sais parce que certains se fracassèrent contre notre pare-brise. Son klaxon bloqué, le camion heurta une souche d'arbre, se retourna et enfin s'enflamma. J'appris par la suite que personne n'avait été tué. Mais nous avions fait une monstrueuse omelette de quelque cinquante mille œufs.

Nous foncions maintenant à cent kilomètres à l'heure. Devant nous, les autres véhicules évacuaient la chaussée aussi vite qu'ils le pouvaient, sans trop se soucier de l'endroit où ils atterrissaient. De toute façon, ce n'était pas notre problème. Nous roulions désormais au niveau du sol, encadrés par les deux voitures de police qui nous frôlaient presque. Les policiers avaient baissé leurs vitres. Deux canons de mitraillettes apparurent, braqués sur nous. Un de chaque côté. Herbert et moi allions d'un instant à l'autre nous retrouver plus troués que des passoires. La troisième voiture, juste derrière, nous empêchait de ralentir. Et nous roulions à notre vitesse maximum. Bref, nous étions coincés.

Je regardai le policier qui me visait. Son doigt se referma sur la détente de son arme. L'espace d'une seconde nos yeux se croisèrent. Nous étions pris dans un véritable cauchemar. Je ne pouvais rien faire. Rien ? À la dernière seconde, j'abattis ma main sur le levier. Le bus s'éleva brutalement en l'air, au moment même où les deux policiers faisaient feu. Simultanément. Les balles sifflèrent en dessous de nous. Le tireur de droite toucha la voiture de gauche. Le tireur de gauche creva les pneus de la voiture de droite. Et les deux véhicules quittèrent brutalement la route.

Quatre hors course. Il n'en restait plus qu'une.

Malheureusement j'avais dû manœuvrer la manette du système hydraulique trop violemment car il se produisit un court-circuit. À peine avions-nous atteint le niveau supérieur que déjà nous redescendions. Le bus poursuivit ainsi sa route, agité d'un mouvement frénétique, comme un diable à ressort.

« Que se passe-t-il ? cria Powers.

— Le système est cassé », répondit Herbert.

C'était peu dire. Jamais il n'avait autant minimisé une catastrophe. Des étincelles jaillissaient du tableau de bord, il flottait une odeur de caoutchouc brûlé et une spirale de fumée s'élevait en l'air. À force d'être secoué, mon estomac commençait à chavirer.

À ce moment la cinquième et dernière voiture de police accéléra pour nous doubler. Le conducteur espérait peut-être nous couper la route. Ma Powers introduisit un nouveau chargeur dans sa mitraillette. Puis elle changea de place pour avoir un meilleur angle de tir. Johnny la suivit. Le tableau de bord était en feu, maintenant. Le moteur nous suppliait en hurlant de stopper. Les bras hydrauliques grinçaient et vibraient, en pompant follement de haut en bas. J'évaluai à quelques minutes le temps qui nous restait avant que toute la machine tombe en panne ou explose.

Ces quelques minutes passèrent très vite.

Une seconde nous étions en haut. La seconde suivante nous redescendions au niveau de la voiture de police qui s'apprêtait à nous dépasser. Ma Powers pointa sa mitraillette. C'est alors que je reconnus les deux passagers de la voiture de police.

« Non ! » hurlai-je.

C'étaient Snape et Boyle. Je n'avais pas la moindre idée de ce qu'ils faisaient là. Se trouvaient-ils sur le chemin de la prison au moment de notre évasion, ou bien était-ce une pure coïncidence ? En tout cas c'étaient bien eux. Je pourrais même jurer avoir vu Snape m'adresser un clin d'œil juste avant que Ma Powers ouvre le feu. Le crépitement des balles couvrit mon cri. Je vis les vitres de la voiture de Snape exploser en mille morceaux. Je vis les pneus éclater et se transformer en charpie. Je vis les rétroviseurs et les poignées de portières disparaître dans la nuit. Prise de folie, la voiture fit une embardée devant nous avant de bondir dans l'autre sens. Les roues accrochèrent le trottoir. La voiture, agitée de soubresauts, finit par se renverser contre une cabine téléphonique. Quelques secondes plus tard, elle explosa.

Morts. Snape et Boyle étaient morts. Il aurait fallu un miracle pour qu'ils en réchappent. Les seules personnes au monde à savoir que j'étais innocent ! Ils étaient mon unique chance de sortir de ce pétrin, et ils étaient morts.

J'en aurais pleuré. Mais je n'en eus pas le temps.

Un virage serré se présenta. Herbert poussa un cri. Je levai les yeux. Il s'accrochait désespérément au volant. Mais nous roulions trop vite. Il avait perdu le contrôle du bus. Ma Powers lâcha sa mitraillette. Johnny poussa un juron. Le bus, au niveau le plus bas, quitta la route, traversa une haie et poursuivit sa course droit sur un immeuble. Herbert n'eut même pas le temps de freiner. Notre engin percuta la façade à cent à l'heure.

Plus exactement le bas de l'engin. Car, au moment de l'impact, les bras hydrauliques nous avaient à nouveau surélevés. Les roues, le moteur et le châssis s'écrasèrent contre la paroi de briques. Mais le bus lui-même, à plus de quatre mètres de hauteur, se trouvait au niveau du premier étage. Or, au premier étage s'ouvrait une large baie vitrée.

La violence du choc arracha le bus aux bras hydrauliques. Et tandis que le réservoir d'essence s'embrasait et que le moteur explosait, la carlingue s'encastra dans la baie vitrée et pénétra dans l'immeuble. Le premier étage était une immense salle de bureaux déserts. Rien ne pouvait arrêter notre course. Emporté par son élan, le bus traversa le premier étage d'un bout à l'autre puis, dans un grand fracas de verre brisé, en ressortit par une autre baie, à l'opposé.

« C'est la fin », murmurai-je. Cette fois nous allions mourir.

Mais l'immeuble dominait la Tamise. Au lieu d'atterrir avec un grand « crash », le bus amerrit avec un grand « splash ». Lorsque enfin j'osai ouvrir les yeux, nous flottions tranquillement sur la rivière. Nous étions choqués, endoloris, épuisés, mais vivants.

Notre évasion se poursuivit donc sur l'eau. Des barrages bloquaient toutes les routes de la ville, mais personne ne songea à alerter la police fluviale.

J'étais libre. De l'autre côté du mur. Mais Snape et Boyle étaient morts. Quel avenir me restait-il ?

9

LES MENSONGES DE WAPPING

Vous n'imaginez pas combien la Tamise est souvent présente dans ma vie. Déjà, lorsque je poursuivais le Faucon malté, on m'avait séquestré aux abords de la rivière et tenté de m'y noyer. Alors si un jour vous vous promenez en bateau-mouche, regardez bien si vous n'apercevez pas un garçon en jean en train de flotter, la tête dans l'eau boueuse. Ce sera probablement moi.

La rivière nous porta jusqu'à Wapping. Heureusement que le courant allait dans le bon sens, sinon nous aurions quitté Londres en direction du pays de Galles. Via Windsor. Ce fut quand même un long trajet. Le pont de Vauxhall, le Parlement, Somerset

House, le Théâtre. Puis, après une courbe et la Tour de Londres, le Dock de Sainte-Catherine. L'aube commençait à pointer lorsque nous arrivâmes. Nous avions laissé derrière nous les beaux quartiers et les sites touristiques. Ou plutôt ce sont eux qui nous avaient délaissés.

Nous avions pénétré dans le quartier Est de Londres, au cœur de l'empire criminel de Johnny, qui l'accueillit dans la lumière timide du petit matin.

Tout était gris : le ciel, la rivière, les carcasses tordues des vieilles péniches amarrées le long des berges. La rive sud de la Tamise était longue et plate, ponctuée ici ou là par un enchevêtrement de grues, une citerne d'essence, et, au loin, le clocher d'une église isolée.

Notre embarcation accosta sur une jetée de la rive nord, entre deux entrepôts. Il n'y avait pas âme qui rive. Ces entrepôts devaient être désertés depuis une cinquantaine d'années. L'épave d'une péniche tenait encore bon, à quelques mètres de là, et résistait imperturbablement au clapotis de la Tamise. Tout frissonnants, il nous fallut nous extirper de notre bus flottant et mettre pied à terre. Ma Powers voulait saborder le bus, mais ce n'était pas possible. Alors nous le repoussâmes dans le courant pour le laisser dériver vers l'estuaire et, pourquoi pas, jusqu'en mer du Nord.

« Où allons-nous, maintenant ? questionnai-je.

— Chez nous », répondit Ma Powers.

Ses lèvres étaient figées dans un rictus. Ou elle avait froid, ou elle ne m'aimait pas. Probablement les deux.

« Le quartier Est de Londres, murmurai-je. Je pensais que c'était le premier endroit où la police nous soupçonnerait de nous cacher.

— Justement, c'est trop évident, acquiesça Johnny en me donnant une grande claque dans le dos. C'est donc le dernier endroit où on nous cherchera. »

Herbert fermant la marche, nous quittâmes rapidement la jetée pour nous engager entre les entrepôts de l'avenue Wapping. Si c'était cela, l'avenue principale, je n'étais pas pressé de voir à quoi ressemblaient les rues adjacentes. Ce n'était qu'une immense toile d'araignée de grues et d'échafaudages rouillés. La moitié des bâtiments était effondrée, l'autre moitié en construction. Il était difficile de distinguer les uns des autres. Un rapiéçage de tôles ondulées comblait les brèches, décorées de vieilles affiches en lambeaux. Les trottoirs n'existaient pas. On ne savait où finissait la chaussée et où commençait le caniveau.

Nous traversâmes ce chaos sur environ cinquante mètres, jusqu'à une rue qui tournait à angle droit, et qui était obstruée par une barrière et une pancarte rouge et blanc sur laquelle on pouvait lire : RUE

BARRÉE. Le passage était bloqué par un pan incliné d'échafaudages qui soutenaient une rangée de masures sales et décrépies. Ma Powers s'arrêta devant la quatrième maison, fouilla dans son sac à main, en sortit un trousseau, et enfonça une clef dans la serrure. La porte s'ouvrit. Nous étions arrivés « chez nous ».

Johnny Powers avait besoin d'un endroit pour se terrer pendant un moment, et il avait choisi un véritable trou. La maison comptait deux étages, mais le second s'était écroulé sur lui-même. Le rez-de-chaussée se composait d'une grande pièce, avec une banquette, une table, des chaises et un poste de télévision, ainsi que d'une cuisine ouverte à l'américaine. Toutefois la cuisine n'était ouverte que parce que le mur s'était effondré. Deux portes menaient, l'une sur un cabinet de toilette, l'autre sur une chambre. Deux autres chambres à coucher et une salle de bains se trouvaient au premier étage. On entrevoyait d'ailleurs la baignoire par un trou dans le plafond.

« C'est bon de rentrer chez soi, murmurai-je.

— On est en sûreté, dit Ma Powers.

— En sûreté ? m'étonnai-je en tapotant la cheminée dont un morceau se détacha. Vous êtes sûre ?

— La police ne viendra pas nous chercher ici, intervint Johnny. C'est ce que Ma veut dire.

— Et les voisins ?

— Il n'y a pas de voisins, grogna Ma Powers. Toutes les maisons sont condamnées.

— Barricadées, condamnées et exécutées », répondis-je.

Johnny se tourna vers sa mère en souriant.

« Tu l'as bien arrangée, Ma. »

Je suppose que Ma Powers avait fait de son mieux, en effet, pour rendre la maison confortable. Il y avait des fleurs fraîches sur la table et des coussins faits main sur la banquette. Un tapis rond sur le plancher, quelques tableaux aux murs et des rideaux devant les fenêtres. Mais cela équivalait à faire briller l'argenterie après le naufrage du *Titanic*. L'endroit était un désastre. Pourriture, humidité, moisissures, vers à bois... un champ de manœuvres idéal pour un géomètre. Un éternuement et tout serait soufflé.

La porte de la chambre s'ouvrit et un nouveau venu fit son apparition. Environ du même âge que Johnny, mince, il avait tellement d'acné qu'on aurait pu gratter une allumette sur sa figure. Nails Nathan ce ne pouvait qu'être lui, se rongeait les ongles. Il se les rongeait même si férocement qu'il avait entamé ses doigts. Dans peu de temps, on pourrait le surnommer le Moignon.

« Alors, t'as réussi, Johnny, dit-il avec un sourire nerveux.

— Sûr que j'ai réussi, mais pas grâce à toi, tête d'œuf, rétorqua Powers en avançant sur lui.

— Je suis désolé, Johnny, couina Nails en grignotant son pouce. J'étais malade. Je pouvais pas conduire... Mais je t'ai préparé le véhicule. Ça oui je l'ai fait.

— Et bien fait, sourit Johnny en lui donnant une bourrade dans l'estomac qui plia Nails en deux. Maintenant prépare-nous un petit déjeuner. Et arrange-toi pour que le café soit bon et fort. »

Herbert avait assisté à la scène depuis la porte. Il n'avait pas dit un mot, et c'était sans doute ce qu'il avait à faire de mieux. Il s'avança à pas traînants et s'assit lourdement devant la table. Si lourdement qu'un autre morceau de la cheminée se décrocha.

« Je n'arrive pas à y croire, marmonna-t-il

— Qui est-ce gars-là, Johnny ? » demanda Ma Powers.

Elle venait de déposer sa mitraillette dans un coin de la pièce comme elle l'aurait fait d'une canne de marche en revenant d'une promenade dans le parc.

« Je l'ai rencontré à l'aéroport, comme convenu, mais je n'ai pas réussi à lui tirer un seul mot sensé, ajouta Ma Powers. Il m'a parlé d'une histoire de... d'observation d'avions, ou je ne sais quoi. »

Johnny pouffa de rire en se roulant une nouvelle cigarette.

« Ma, je ne t'ai pas encore présenté mon copain

Nick. Il m'a sauvé la vie, en taule. L'autre, c'est son grand frère, Herbert.

— Herbert ? répéta Ma Powers d'un air soupçonneux. Que faites-vous dans la vie, Herbert ?

— Je suis enquêteur », répondit mon frère.

Il y eut un long silence. Nails Nathan laissa tomber une assiette. Johnny tourna la tête vers lui. On aurait pu couper l'atmosphère au couteau. Mais moi, c'était Herbert que j'aurais volontiers découpé au couteau. Pourquoi leur avait-il répondu ça ? Pourquoi ne s'était-il pas présenté comme un expert-comptable, un postier, un neurochirurgien, ou n'importe quoi d'autre ? Selon Snape, Johnny haïssait les policiers. Et il ne devait pas non plus porter les enquêteurs privés dans son cœur.

« Un enquêteur, hein ? répéta Powers en plissant les yeux.

— C'est exact, m'empressai-je d'intervenir. Herbert enquête sur... (Nails venait d'ouvrir un robinet pour remplir la bouilloire)... il enquête sur l'eau !

— Et qu'y a-t-il à enquêter sur l'eau ? questionna Ma Powers.

— Toutes sortes de choses, dis-je. Le taux de chlore, les bactéries, les... heu... le H.

— Le H ?

— Oui, vous savez bien. L'eau égale H_2O. Herbert doit s'assurer qu'il y a assez de H. Il travaille pour les Services officiels aquatiques de la Tamise.

— Je vois, grommela Ma Powers en hochant lentement la tête. Ça explique pourquoi il patauge tellement. »

La glace était rompue. Ou plutôt l'eau. Nails dressa le couvert et tout le monde s'attabla devant un petit déjeuner composé de sandwichs au bacon, de café fort, de céréales et de yaourts à l'ananas. Ces derniers ayant été suggérés par Ma Powers. Sans sa mitraillette, la mère de Johnny ressemblait à n'importe quelle autre mère. Pourtant, je crois que je la préférais avec.

« Tu n'as pas l'air en forme, mon Johnny, remarqua-t-elle. Tu as bien mangé, en prison ?

— Bien sûr, Ma.

— Des fruits aussi ? Tiens, prends un yaourt à l'ananas.

— Ça va, Ma....

— Tu veux que maman aille te chercher du sucre ?

— Oh, Ma...

— C'est bon pour toi, le yaourt, Johnny », intervint Nails en avalant une cuillerée du sien.

Nails aurait mieux fait de se taire. Johnny prit le yaourt et le lui écrasa sur la figure. Le yaourt à l'ananas dégoulina le long de son menton, puis sur sa chemise. Ma Powers leva les sourcils mais ne dit rien. Herbert soupira et se servit un bol de flocons de céréales. Il n'avait pas l'air en forme non plus. Je crois que ses nerfs étaient eux aussi en flocons.

Johnny retrouva sa bonne humeur après avoir fini son café et allumé la télévision. Les informations du matin venaient juste de commencer ; la première image qui apparut fut la sienne. Un cliché de la police qui datait de quelques mois.

« ... *Une évasion audacieuse de la prison de Strangeday Hall, la nuit dernière. Powers, qui purgeait une peine de quinze ans pour vol à main armée, est décrit par la police comme un individu imprévisible et extrêmement dangereux. Il est recommandé de ne pas l'approcher...* »

La photo de Powers disparut de l'écran, remplacée par la tête du présentateur, qui regardait droit devant lui, la mine fatiguée, luttant pour ne pas bâiller.

« ... *Accompagnant Powers dans sa cavale, un délinquant de treize ans, Nicholas Simple...* »

Ma tête s'encadra soudain dans l'écran. C'était la même photo que celle parue dans les journaux. Jeune, ingénu, souriant... jamais vous n'auriez cru les horreurs que racontait sur moi le journaliste.

« *Simple, arrêté il y a un mois à la suite du vol des Escarboucles de Woburn, vol accompagné de violences, est selon la police un personnage brutal et impitoyable. En fait, si l'on considère Johnny Powers*

comme l'Ennemi Public N° 1, Nicholas Simple est sans doute l'Ennemi Public N° 2.

La police recherche Herbert Simple, son frère aîné, qui pourrait l'aider dans son enquête. »

Johnny éteignit la télévision.

« Ils me recherchent ! gémit Herbert en fixant l'écran vide, comme si le présentateur allait en jaillir pour s'emparer de lui.

— Évidemment, ils te recherchent, sourit Johnny en me regardant. L'Ennemi Public N° 2 ! Tu as grimpé les échelons sacrément vite, hein, môme !

— Oui, répondis-je en m'efforçant de prendre un air réjoui. Que va-t-il se passer, maintenant, Johnny ?

— D'abord nous allons dormir un peu. Tout le monde en a besoin. Pas vrai, Ma ?

— Tu as raison, Johnny.

— Pendant ce temps, Nails ira rassembler les gars. Je les verrai à quatre heures. Tu ferais bien d'emporter une boîte de biscuits ou autre chose, Nails.

— D'accord, Johnny.

— Parfait, sourit Johnny en me tapant l'épaule. Ennemi Public N° 2 ! Ça me plaît, môme. Ça te va bien. »

Enfin je me retrouvai seul avec Herbert.

Nous partagions une chambre du premier étage,

à peu près aussi confortable que le salon. Deux lits bancals appuyés l'un contre l'autre, une chaise à trois pieds, et une penderie sans porte. La fenêtre donnait sur un chantier de construction, derrière la maison, mais la vitre était si sale que l'on pouvait à peine voir au travers.

Pendant un long moment, aucun de nous ne parla. Herbert semblait épuisé. Il avait la figure couverte de poussière et les cheveux hirsutes.

« Comment-as-tu pu faire ça, Nick ? demanda-t-il enfin. Mon propre frère ! D'abord le vol des bijoux... et maintenant ça... Ce... Johnny Flowers, c'est un fou criminel. Je veux dire... un criminel fou. Et sa mère ! Comment as-tu pu agir ainsi ? La police me recherche ! Et quand elle me trouvera, ce sera la fin de tout. Ils m'arrêteront et je ne pourrai jamais récupérer le perroquet violet. Je ne pourrai plus jamais travailler. On va me donner au moins vingt ans de prison, Nick ! Vingt ans. Ce n'est pas de la rigolade !... Je vais aller me livrer. Me mettre à la disposition de la justice... ou bien me jeter sous un autobus. Je ne sais pas... Mon Dieu, que vais-je devenir ? »

J'attendis qu'il se fût calmé pour m'asseoir près de lui.

« Écoute, Herbert, je suis innocent. Je n'ai pas volé l'escarboucle.

— Mais, Nick, le juge...

— C'était un coup monté, Herbert. Je ne l'ai pas compris sur le moment, mais j'aurais dû deviner... »

Tranquillement, je racontai à Herbert toute l'histoire depuis le début. La visite de Snape et Boyle, Fence, Woburn, Johnny Powers. Je lui expliquai tout avec des mots simples. Cela me prit vingt minutes, et pendant tout ce temps, Herbert resta assis sans bouger. Il avait saisi le matelas à deux mains, mais je ne suis pas certain qu'il ait saisi le sens de mes paroles. Lorsque j'eus fini, il me dévisagea en se grattant la tête.

« Tu veux dire que... tu n'as rien fait ?

— C'est ce que je me tue à t'expliquer, Herbert.

— Et les seules personnes au courant sont Snape et Boyle ? Mais Snape et Boyle sont...

— Oui. Ils ont dégusté.

— Dégusté quoi ?

— Rien, ils sont morts. Dans un accident de voiture.

— Ah ! Et maintenant, que fait-on ?

— Je ne sais pas, avouai-je en me levant. Je suppose que nous devons retrouver la piste de ce mystérieux Fence que tout le monde recherche. Si la police nous rattrape, cela nous servira toujours de monnaie d'échange. Mais en attendant, toi, tu dois convaincre Johnny et Ma Powers que tu es un voyou. S'ils découvrent que tu es détective privé, notre compte est bon.

— À propos de compte, tu ne me devais pas... ?

— Ils vont nous tuer, Herbert ! Vraiment nous tuer ! Tu dois essayer de te mettre dans la peau d'un gangster. Agir comme un gangster. Être un gangster. Et tu dois commencer tout de suite. »

Herbert se dressa d'un bond, élargit les épaules, bomba le torse et fléchit les bras. Puis il se fendit d'un horrible sourire de travers en rejetant la tête en arrière.

« C'est moi Al Capone, gronda-t-il.

— Al Ka-seltzer, tu veux dire. »

Mais il ne m'entendit pas.

Je l'abandonnai pour aller dans la salle de bains. J'avais envie de me laver avant de dormir. C'est alors que la chance me sourit, pour la première fois de la journée. J'avais tourné le robinet et l'observais crachoter un filet d'eau brunâtre, lorsque j'entendis une porte s'ouvrir dans la pièce en dessous. Je refermai aussitôt le robinet. Je vous ai déjà dit que l'on pouvait apercevoir la baignoire depuis le salon, par un trou dans le plafond. Ce même trou me permit de surprendre la conversation de Johnny avec sa mère. Ils se croyaient seuls.

« Ta migraine s'est calmée, Johnny ? demanda Ma Powers.

— Oui, Ma. Tu m'as fait du bien.

— Tu seras en forme quand la bande sera là ?

— En pleine forme.

— Tu dois leur montrer qui est le patron, Johnny. Avec le Grand Ed qui essaie de s'implanter par ici...

— J'ai des projets pour le Grand Ed, Ma. »

Je m'agenouillai pour glisser un coup d'œil par le trou. Mon angle de vision s'arrêtait au dos de Johnny. Je ne voyais pas Ma Powers, ce qui était aussi bien. Car si je l'avais vue, elle aussi aurait pu me voir.

« D'abord nous allons faire un coup, poursuivit Johnny. Quelque chose de vraiment important... tu sais, histoire de me remettre en selle. Peut-être la Banque d'Angleterre, ou bien les joyaux de la Couronne. Je ne sais pas encore. Ensuite je m'occuperai du Grand Ed.

— Tu auras besoin d'armes, Johnny.

— Sûr, Ma. C'est pourquoi je vais aller voir Fence, tout a l'heure, avant la réunion. »

Je dressai l'oreille. Cela semblait trop beau pour être vrai. Et la réponse de Ma Powers dépassa toutes mes espérances :

« Pénélope ?

— Tout juste. Et je vais lui acheter assez d'armes pour déclarer une guerre.

— En attendant, tu devrais dormir un peu, Johnny. Je ne veux pas que mon fils parte à la guerre avec des valises sous les yeux.

— Tu es bonne avec moi, Ma.

— Je t'aime, mon Johnny. »

Après cela, ils gagnèrent leur chambre et je n'entendis plus rien. Mais en me relevant pour rentrer dans ma propre chambre, je me sentais mieux que je ne m'étais senti depuis bien longtemps. Snape et Boyle étaient peut-être morts, la police pouvait me rechercher, mais j'avais enfin appris quelque chose sur Fence. Ce n'était pas un homme, mais une femme. Et cette femme s'appelait Pénélope.

10

DISPARITION

Herbert me réveilla six heures plus tard, juste à temps pour le déjeuner. J'ouvris les yeux, les refermai. Je respirai à fond et les rouvris pour la seconde fois. Je poussai un grognement. Eh oui, ce que je voyais était bien réel. Pourtant je n'arrivais pas à le croire.

J'avais recommandé à Herbert de jouer au gangster. Il m'avait pris au mot et réussi à dénicher un déguisement approprié. Un costume gris croisé à l'ancienne mode, avec des boutons sur chaque pan, une chemise blanche, une cravate étroite, et un chapeau pour compléter le tableau. C'était un des chapeaux mous, avec une bande de satin, qu'il portait très bas sur les yeux. Si bas qu'il voyait à peine. Un mouchoir dépassait de sa poche de veste, sur la poitrine. Il ne manquait plus que la mitraillette dans l'étui à violon.

« Réveille-toi, p'tit, lâcha-t-il du coin des lèvres. C'est moi, le Grand Herb.

— Oh non, Herbert, soupirai-je. Où as-tu déniché ce costume ?

— Dans la penderie. Il y a plein de vêtements à ma taille. Allons, debout. Il est l'heure de manger. »

J'ouvris la bouche pour le rappeler, mais il avait déjà franchi la porte. J'enfilai rapidement une chemise propre de la penderie, mais gardai mon pantalon et mes chaussures de prisonnier. Ce fut une riche idée de garder ces chaussures.

Je ne le savais pas encore, mais elles allaient me sauver la vie.

Cependant ce n'étaient pas mes chaussures qui me préoccupaient tandis que je descendais l'escalier, mais ce que Johnny et Ma Powers allaient penser de l'accoutrement d'Herbert. Ils étaient encore sous le choc lorsque je les rejoignis. Johnny et Nails étaient figés, la fourchette en l'air, avec les spaghettis cuisinés par Ma Powers qui se balançaient dans le vide devant leur bouche.

« Ça roule, Johnny, disait Herbert. Si on causait ?

— Herbert, commençai-je. Je ne pense pas... »

Je n'allai pas plus loin. Herbert m'attira brusquement contre lui et faillit déchirer ma chemise.

« Appelle-moi Grand Herb, espèce de minus », gronda-t-il.

Il me fit un clin d'œil et me relâcha. Je tombai lourdement sur une chaise.

« Ton frère va bien ? s'inquiéta Johnny.

— Oui », répondis-je.

Pour une fois, j'étais à court d'inspiration.

« Tu veux des spaghettis ? me proposa Nails.

— Non, merci, je n'ai pas faim. »

Je ne sais pas comment j'ai survécu à ce repas. Personne ne parlait et seuls les grognements occasionnels d'Herbert troublaient le silence.

Finalement Johnny jeta sa fourchette.

« Je dois sortir, dit-il à mon intention. Tu es sûr que ton frère va bien, môme ?

— Sûr, Johnny. Il est juste un peu surexcité.

— Tu ferais bien de le surveiller.

— Ne t'inquiète pas, Johnny. »

Il se leva et caressa le visage de sa mère du revers de la main.

« Reviens à l'heure pour la réunion, Johnny, dit-elle.

— Ouais, sois à l'heure, Johnny », renchérit Herbert.

Le regard de Johnny se glaça, mais il garda son calme.

« Je serai là dans deux heures, promit-il. Que personne ne sorte avant mon retour. C'est compris ? »

Je profitai qu'il allait chercher un manteau dans sa chambre pour agripper Herbert par le bras et l'entraîner au premier étage. Ma Powers nous observa monter l'escalier de ses vilains yeux soupçonneux. Même non soupçonneux, ses yeux étaient de toute façon vilains.

Je réussis à ramener Herbert dans notre chambre.

« Tu es devenu fou ? » lançai-je.

Herbert prit un air innocent.

« Mais, Nick... tu m'as dit...

— De jouer au gangster. Mais ça ne signifie pas... »

Je soupirai. Discuter ne servirait à rien. Et je n'avais pas le temps.

J'approchai de la fenêtre et l'ouvris.

« Que fais-tu ? s'étonna Herbert.

— Je sors. Johnny a rendez-vous avec Fence et j'ai l'intention de le suivre.

— Comment le sais-tu ?

— Je te raconterai plus tard, répondis-je en passant une jambe par-dessus le rebord de la fenêtre. Couvre-moi jusqu'à mon retour.

— Que vais-je leur dire ?

— Que je dors.

— Et s'ils découvrent ton absence ?

— Je ne sais pas. Dis-leur que je suis sorti acheter des cigarettes.

— Mais, Nick, tu ne fumes pas, gémit Herbert.

— Des cigarettes en chocolat, alors. »

Je me hissai sur le rebord et cherchai un moyen de descendre. Ce n'était pas difficile. D'abord la fenêtre n'était pas haute, et ensuite il y avait des moellons empilés contre le mur jusqu'à mi-hauteur. Je me laissai glisser et atterris à quatre pattes, aussi doucement qu'un chat. En fait j'atterris sur un chat. Il souffla de colère et hurla en déguerpissant à toute allure, dans un tintamarre de boîtes de conserve et de verre cassé. Adieu la discrétion ! Johnny Powers aurait pu m'entendre de l'autre côté de la Tamise. Je restai un moment accroupi, le souffle court, en me demandant si quelqu'un allait venir voir ce qui se passait. S'ils me découvraient là, je pourrais toujours prétendre que j'étais tombé du lit. Mais personne ne vint. Ma chance ne me quittait pas. C'était sûrement sur un chat noir que j'étais tombé.

Je contournai rapidement la maison en prenant garde de ne pas trop marcher sur les briques éparses qui jonchaient le passage. De l'autre côté, une porte s'ouvrit et se referma.

« À tout à l'heure, Ma.

— Attention à toi, mon Johnny. »

Au moment où j'atteignais le bout de l'allée, j'aperçus Johnny qui marchait à grands pas en direction de la rivière. Je me tapis dans un renfoncement, les épaules plaquées contre la brique, en attendant qu'il soit passé. Je lui laissai un peu d'avance, puis lui emboîtai le pas.

Il atteignait l'avenue Wapping et obliqua à droite. Je le laissai tourner un autre angle avant de me mettre à courir. C'était un samedi et les rues étaient désertes. D'un côté, cela valait mieux car, avec ma tête diffusée à la télévision et dans les journaux, je ne tenais pas à ce qu'un passant me reconnaisse et cherche à m'arrêter. Mais d'un autre côté, cela compliquait ma tâche pour suivre Powers sans qu'il me repère. Si jamais il se retournait, il n'y avait personne derrière qui me cacher, aucune foule dans laquelle me fondre. Hormis quelques voitures garées le long de la rue, aussi vétustes et rouillées que les bâtiments, je ne pouvais espérer aucun refuge.

Heureusement Johnny ne se retourna pas. Il avait l'esprit trop occupé. Et puis Johnny avait confiance en moi. Il n'avait aucune raison de penser qu'il était suivi.

J'atteignis le coin de la rue juste à temps pour le voir entrer dans une station de métro. Wapping Station, sur la ligne Metropolitan. Que faire ? Je n'avais pas d'argent sur moi pour acheter un ticket, et quelqu'un risquait de me reconnaître. Mais c'était vrai également pour Johnny. Plus j'y réfléchissais, plus cela me paraissait insensé. L'Ennemi Public

N° 1 ne pouvait pas tranquillement prendre le métro pour se rendre dans les beaux quartiers et en revenir comme un voyageur ordinaire.

Ma réflexion en resta là. Je n'avais pas fait tout ce chemin pour abandonner maintenant. Peut-être Johnny devait-il simplement rencontrer Pénélope sur le quai ? Peut-être existait-il une autre sortie, donnant sur la Tamise ?

Il y avait un guichet, sur la droite, mais personne derrière. La descente vers le quai se trouvait de l'autre côté. Je me faufilai prestement devant le guichet sans que personne ne m'arrête. Au loin résonnaient les pas de Johnny. Un escalier s'enfonçait dans l'obscurité. Il y avait aussi deux ascenseurs. Je songeai à prendre l'un d'eux mais cela m'aurait fait arriver avant lui, et s'il retournait sur ses pas, je risquais de le perdre. Je descendis donc par l'escalier.

Une sorte de puits central plongeait jusqu'en bas, délimité par l'arête vive d'un escalier de ciment qui tournait tout autour. Les parois étaient blanches, la peinture cloquée et écaillée. L'air était froid, humide, imprégné de l'odeur de la rivière. Au milieu du puits, modernes et rouge vif, les ascenseurs montaient et descendaient souplement, semblables à des capsules spatiales, alors que le reste de la station devait dater du début du siècle.

D'en haut, j'entrevis Johnny Powers se diriger vers le quai de la ligne Sud. Il projetait donc de quitter le centre de Londres pour Rotherhithe et New Cross ! Je dévalais les vingt dernières marches quatre à quatre, de crainte qu'une rame de métro arrive et que Johnny me sème. Mais aucune rame n'arriva. Je repris mon souffle au bas de l'escalier puis, plaqué contre le mur, j'obliquai vers le quai et risquai prudemment un coup d'œil.

Johnny Powers s'était évaporé.

J'avançai sur le quai. Deux rangées de néons diffusaient une lumière dure et froide. Tout près de là, le tunnel de la ligne de Rotherhithe était noir et insondable. Les ténèbres absorbaient les rails luisants au bout de quelques mètres à peine. Un écran de télévision était suspendu près du tunnel à l'usage des conducteurs du métro. L'image tremblotante montrait ce que j'avais vu en arrivant. À part moi, il n'y avait personne dans la station. Ni passagers, ni rames de métro, ni employés... rien.

Je continuai d'avancer sur le quai. Un plafond arrondi en brique nue couvrait toute la station, avec une ouverture sur le ciel tout au bout. Le seul bruit était le goutte à goutte de la pluie qui s'écoulait dans cette cheminée d'aération, où foisonnaient des touffes d'herbes folles qui parvenaient miraculeusement à survivre, accrochées aux parois verticales. Un rat se faufila entre les rails et disparut sous le quai. Aucune trace de Powers. Pourtant il n'y avait aucune issue. Il devait forcément être quelque part.

J'avais atteint l'extrémité du quai et m'apprêtais à faire demi-tour lorsque se fit entendre un grondement étouffé. Quelques instants plus tard, une rame de métro surgit du tunnel. Je me tournai vers le mur en feignant de lire un écriteau qui retraçait l'historique des lieux, afin de masquer mon visage. Toutefois je glissai un coup d'œil par-dessus mon épaule pour le cas où Powers se montrerait. Deux passagers descendirent d'un wagon et gagnèrent la sortie. Personne ne monta. Les portes se refermèrent, un sifflement retentit, et le train démarra.

J'avais devant les yeux un dessin représentant le tunnel. L'écriteau expliquait que c'était le plus ancien souterrain de Londres, construit par un certain Marc Brunel entre 1825 et 1843. À l'époque, ils devaient l'emprunter à pied ou dans des voitures tirées par des chevaux. Mais pouvait-on encore y marcher de nos jours ?

Je revins vers l'entrée du tunnel. On percevait encore au loin le grondement du métro. Je ne sais pourquoi, je n'imaginais pas que Powers ait pu s'y aventurer. C'était trop sombre, trop dangereux. Un faux pas et vous étiez grillé sur le rail électrique. Sans parler des trains eux-mêmes qui fonçaient vers vous dans les ténèbres. Il fallait être fou pour descendre là-dedans. D'accord, Johnny Powers était fou, mais Fence ne l'était sûrement pas, et moi non plus.

J'allais partir lorsque j'aperçus une porte, en bas des quelques marches descendant du quai, juste à l'entrée du tunnel. Il y avait un étroit passage avec des seaux d'incendie et une antique boîte à fusibles, puis une porte marron.

Cela valait la peine d'essayer, d'autant qu'il n'y avait personne dans les parages. J'esquivai la pancarte défendant aux passagers de franchir cette limite et atteignis la porte. D'abord je la crus fermée. Je poussai et tirai en vain. Puis je m'aperçus que c'était une porte coulissante. Je fis donc glisser le panneau. Je repérai un interrupteur et allumai la lumière.

Déception. La porte n'ouvrait que sur une petite pièce, vide à l'exception de deux téléphones, quelques bouts de papier, et environ cinquante années de poussière authentique. Un côté avait dû servir de réserve, l'autre était carrelé de blanc et équipé d'un robinet qui gouttait. Si Powers était passé là, il n'y était plus. La pièce ne menait nulle part. J'éteignis la lumière. Powers m'avait semé, il fallait bien l'admettre, mais j'ignorais comment.

Il ne me restait d'autre choix que de rentrer à la maison avant qu'on remarque mon absence. Je remontai par l'ascenseur et quittai la station de métro en courant, sans être vu. Où avait disparu Powers ? Il n'avait pas pris le métro ni traversé le tunnel à pied. Il n'existait aucune cachette, aucune issue. Cela me semblait injuste. J'espérais qu'il me conduirait à Fence, et j'avais abouti dans un cul-de-sac.

Je donnai un coup de pied rageur dans un paquet de cigarettes vide et redescendis la rue, les mains dans les poches. Si je n'avais été si désappointé, sans doute me serais-je montré plus vigilant. Je me souviens d'avoir entendu arriver la voiture, mais sans y attacher d'importance. Quand elle ralentit, j'aurais dû réagir. Mais je me retournai seulement en entendant les portières s'ouvrir. Il était trop tard.

Quelqu'un bondit derrière moi et me souleva de terre. Je me débattis en criant. Un poing me frappa la mâchoire. Je m'affaissai, sans forces, et on me poussa dans la voiture qui démarra aussitôt.

Ma tête tournait. La moitié de mes dents semblait sur le point de dire au revoir à l'autre moitié. J'avais cru qu'il s'agissait de la police. Maintenant je savais que ce n'était pas elle. Non, c'était bien pire.

11

LE GRAND ED

Ils étaient trois dans la voiture. Deux d'entre eux m'encadraient sur le siège arrière, le troisième conduisait. Il y avait un de ces chiens en peluche qui dodelinent de la tête sur la plage arrière. Seulement celui-ci ne dodelinait plus de la tête parce qu'on la lui avait arrachée.

Voilà le genre de personnes qui m'avaient enlevé. Le genre à visiter la Chambre des Horreurs et à voler la vedette aux objets exposés.

Le conducteur était un punk. Il avait des cheveux verts coupés ras, deux clous dans l'oreille et une tarentule tatouée sur la nuque. Il mâchait du chewing-gum et, à chaque mouvement, sa bouche se contorsionnait comme si elle cherchait à s'échapper du reste. De ma place, c'était tout ce que je voyais de lui. Et je n'avais pas envie d'en voir davantage.

Les deux autres hommes, âgés d'une trentaine d'années, auraient pu être frères. Ou sœurs. Ils se situaient quelque part entre les deux. Les grosses joues mal rasées, les énormes biceps, les estomacs de buveurs de bière et les crânes chauves, tout cela était très masculin. Mais les sacs à main et les robes à fleurs éveillèrent mes doutes. L'un d'eux avait une balafre qui lui zébrait la joue à partir de l'œil. Il avait beau chercher à la masquer avec de la poudre, ça ne suffisait pas. Un grand sac à pommes de terre sur la tête aurait été plus efficace.

Personne ne parla pendant cinq minutes, le temps qu'il nous fallut pour franchir la Tamise vers l'ouest. Je voulus changer de position et l'un des malabars me flanqua son coude dans les côtes.

« Tiens-toi tranquille, beau gosse, gronda-t-il d'une voix si profonde qu'elle semblait monter de ses genoux.

— Où allons-nous ? demandai-je. Pour qui travaillez-vous ?

— Tu le sauras bien assez tôt. »

Le punk pouffa de rire. La tarentule dansa sur sa nuque. Je serrai les dents. Ce n'était pas la première fois que l'on m'emmenait « faire un tour en voiture ». Mais je commençais à penser que, si je ne tentais rien, cela pourrait bien être la dernière. C'était injuste. J'étais trop jeune pour mourir. Et être assassiné par des hommes déguisés en femmes ! Que diraient mes parents ?

Je choisis le moment où la voiture ralentissait en vue d'un feu rouge pour passer à l'action. Je pensais avoir bien minuté mon coup. La circulation était dense ; l'un des malabars regardait par la fenêtre, l'autre avait les yeux mi-clos. Attraper la poignée, ouvrir la porte, et bondir dehors avant qu'ils aient le temps de réagir. C'était l'idée générale.

Mais je les avais sous-estimés. Je me penchai. Ma main se tendit. Elle ne dépassa pas vingt centimètres. L'un des gros bras m'avait déjà empoigné. Je voulus hurler pour attirer l'attention des autres automobilistes, mais quelque chose de dur me frappa dans le cou avant que j'aie ouvert la bouche. Je crois que c'était un sac à main. La voiture bondit en avant. Je songeai au chien sans tête et m'évanouis.

Je m'éveillai derrière des barreaux. Mais pas des barreaux de prison. C'était un espace long et étroit, non pas une pièce dans une maison, mais un lieu vaguement familier. J'avais des élancements dans la tête et un goût désagréable dans la bouche. À part cela, je me sentais à peu près bien.

Un bruit se produisit dehors. Un grondement qui s'amplifiait, un tremblement, et puis un vacarme assourdissant de ferraille. Cela m'éclaira aussitôt sur l'endroit où je me trouvais. J'aurais dû le deviner aux parois en planches nues, aux grilles, au couloir aussi étroit que celui de ma prison, aux vasistas carrés et au sas en accordéon. C'était le wagon postal d'un train. Mais un train à l'arrêt. Où ? La gare Victoria ?

Je restai assis environ deux heures. Il faisait presque nuit. Je voyais la lumière du jour décliner derrière les rideaux qui obstruaient les fenêtres. Je m'attendais à sentir le train s'ébranler d'un instant à l'autre mais il ne bougea pas d'un pouce. La faim commençait à me tenailler. Je n'avais rien mangé depuis le petit déjeuner. Je commençais à espérer voir arriver un gardien avec un sandwich sous cellophane de la Compagnie des chemins de fer, lorsque la porte du couloir s'ouvrit devant le punk.

Il continuait de rigoler et de mâcher son chewing-gum. L'épingle qu'il portait en travers du nez ne servait pas seulement de décoration, elle maintenait toute la figure en place. Ce type avait un visage qui vous donnait l'impression d'être sur le point de tomber en morceaux d'une minute à l'autre. Du plâtre blanc et pourri. Vous avez dû voir ces publicités terribles contre la drogue. Lui ne les avait pas vues, de toute évidence.

Il sortit un trousseau de clefs, déverrouilla la porte et l'ouvrit. Je me relevai d'un bond.

« Si vous êtes venu contrôler mon billet, je n'en ai pas », lui dis-je.

Il gloussa de rire.

« Vous savez parler ? » insistai-je.

Il désigna d'un signe de tête le chemin par lequel il était venu, sans un mot.

Je le suivis à travers l'attelage pour passer dans le wagon suivant. Les vitres étaient dégagées et je vis que nous nous trouvions sur une voie de garage, près d'une sorte de chantier ferroviaire. Une énorme pile de bois obstruait presque toute la vue, mais on apercevait aussi des rouleaux de barbelés et des bidons d'huile. La cour du chantier était clôturée et déserte.

Le deuxième wagon était une voiture-couchettes. Nous passâmes devant cinq compartiments. La porte du cinquième était ouverte. J'aperçus un lit. Ils avaient dû ôter les autres couchettes pour le faire tenir. Il y avait aussi un tapis en peluche, une vieille commode sous la fenêtre, et un lustre au plafond. Rien de tout cela n'était fourni par la Compagnie des wagons-lits. J'en étais sûr. Mais c'était bien la seule chose dont j'étais sûr.

On accédait au troisième wagon par une porte en bois massif, elle aussi complètement incongrue dans un train. Le punk frappa à la porte avant de l'ouvrir. Nous entrâmes.

Musique classique. C'est la première chose que

j'entendis. Un morceau de Bach ou Vivaldi, joué sur une chaîne stéréo très sophistiquée. Le wagon entier avait été redécoré par un architecte d'intérieur aux goûts fastueux. Soie sur les murs, doubles rideaux en soie, lustres à pendeloques.... le mobilier paraissait venir tout droit du château de Woburn. Un meuble-bar se trouvait près de la porte. Des livres tapissaient une cloison entière. Au fond, il y avait une cheminée avec un de ces feux artificiels qui brillent artificiellement.

Les deux « sœurettes » de la voiture étaient assis sur une chaise longue. L'un d'eux lisait un roman rose, l'autre tricotait. Deux autres personnes occupaient les lieux. Une femme en robe de satin, qui la moulait à certains bons endroits et la collait à de mauvais. Ses cheveux étaient d'un blond vif qui ne pouvait sortir que d'un flacon de teinture. L'autre personne était un homme. Je devinai tout de suite qu'il était le patron.

Environ cinquante ans, il portait un de ces élégants peignoirs d'intérieur doublés de soie avec de larges revers, et un foulard. Ses cheveux étaient si blancs que je me demandai s'il avait un jour éprouvé une peur brutale. Ou bien trop de soucis, peut-être. Ses yeux étaient eux aussi presque décolorés. L'homme fumait une cigarette au bout d'un long fume-cigarette noir et sirotait un Martini-cocktail.

« Bonsoir, dit-il. je suis le Grand Ed.

— Je ne vous trouve pas si grand que ça », rétorquai-je.

L'une des « sœurettes » leva les yeux de son livre. C'était celui qui m'avait frappé.

« On ne parle pas au Grand Ed comme ça, grogna-t-il.

— Pourquoi pas ? J'ai pas une Grande-Ed-ucation, moi. »

Le punk gloussa de rire. Le Grand Ed secoua la cendre de sa cigarette.

« Nicholas Simple, reprit-il d'une voix douce et fatiguée, presque un murmure. Je suis ravi de te rencontrer. J'en mourais d'envie.

— Dommage que vous n'en soyez pas mort plus tôt.

— J'avais envoyé mes gars s'occuper de Johnny Powers, poursuivit-il en ignorant ma remarque. Il a de la chance de leur avoir échappé. Toi, tu es moins chanceux. »

Il posa sa cigarette pour jeter une olive dans son cocktail avant d'ajouter :

« Nous attraperons Powers plus tard. Pour l'instant, la question est de savoir ce que nous allons faire de son N° 2.

— Pourquoi ne pas lui offrir un sandwich et à boire ? suggérai-je.

— Pas question, répondit le Grand Ed en secouant la tête. Vois-tu, j'avais fait parvenir un revolver à l'intérieur de Strangeday Hall. Trois de mes gars devaient éliminer Johnny Powers. Tu t'es interposé. L'un d'eux, Zuckie Hommel, a été brûlé. Maintenant, même sa mère ne le reconnaît plus. Et figure-toi que sa mère est justement ma sœur. Zuckie est mon neveu. »

Mauvaises nouvelles. Oncle Ed ne souriait plus et ses yeux avaient repris de la couleur. Du rouge.

« J'aimerais savoir où se cache Powers, reprit-il. Je pourrais te le demander mais, bien sûr, tu ne me répondras pas.

— Je ne sais pas, murmurai-je. Nous pourrions arriver à un arrangement...

— Je ne crois pas. Le seul arrangement possible, ce sera celui de tes funérailles. Tu devrais y penser. »

Il se leva pour s'approcher de moi. Un instant je songeai à l'attaquer, en m'emparant de la lampe ancienne pour la lui fracasser sur le crâne, par exemple. Mais j'y renonçai bien vite. Le punk se tenait juste dans mon dos, et les deux « sœurettes » m'avaient déjà démontré leur rapidité de réaction.

« J'aurai Johnny Powers, poursuivit le Grand Ed. Et les secteurs Sud et Est de Londres m'appartiendront. Où va le monde, si ce sont des gosses qui dirigent les rackets ? Je n'aime pas les gamins. Je ne t'aime pas, Simple. Voilà pourquoi tu dois disparaître, ajouta-t-il avec un geste vers la fenêtre. Ici, c'est ma planque. La police ne la connaît pas. Personne ne la connaît. Pourtant la gare de Clapham est à quelques minutes seulement. J'ai conduit ces wagons ici il y a dix ans et je les ai fait transformer. Le chantier est désaffecté, et pourtant nous sommes à côté d'un des nœuds ferroviaires les plus fréquentés du pays.

— Quel rapport avec moi ? demandai-je.

— Je pensais que tu désirais savoir où tu allais mourir. Et comment... Le train. »

Il consulta sa montre et claqua des doigts. Le punk me saisit par derrière.

« Emmène-le et occupe-toi de lui, ordonna le Grand Ed. Vous deux, Scarface et Tootsie, accompagnez-le. Au revoir, Simple. Souviens-toi de Zuckie. Souviens-toi de moi. Je te souhaite une belle mort. »

On me fit sortir du wagon. Il devait être insonorisé car, dès que je fus dehors, j'entendis le grondement des trains et leur bruit de ferraille trouer le silence de la nuit. La pluie avait commencé à tomber. D'abord une légère bruine, qui devint plus drue tandis que l'on m'entraînait de force à travers le chantier. Ensuite ce fut un vrai déluge, qui nous trempa tous les quatre jusqu'aux os en l'espace de quelques secondes.

La pluie m'empêchait de distinguer nettement les environs. J'apercevais juste, au loin, les lumières de la gare de Clapham.

Nos pas crissaient sur le gravier. Nous traversâmes six ou sept voies. Un rapide passa devant nous comme un éclair. Les lumières des fenêtres formaient une sorte de traînée jaune. Dans le noir et avec la vitesse, aucun voyageur du train n'aurait pu nous voir. Le punk me poussa brutalement. Je trébuchai et tombai. Tootsie et Scarface me saisirent par les bras et par les chevilles avant que j'aie compris ce qui se passait, et ils me ligotèrent en travers des rails. À en juger par leur agilité, ils avaient de l'entraînement. L'opération leur prit à peine une minute. Quand ils se relevèrent, j'étais aussi ficelé qu'un poulet prêt à rôtir. Mes mains étaient attachées à un rail, mes jambes à l'autre. Ma nuque reposait sur l'acier glacé, et mon corps s'incurvait au milieu de la voie.

Le dénommé Tootsie s'agenouilla à côté de moi. Ses cheveux mouillés recouvraient son visage et son maquillage dégoulinait, mais il souriait.

« Un seul train doit passer sur cette voie ce soir, dit-il. Dans dix minutes exactement. Il est direct jusqu'à la gare de Waterloo. Il ne s'arrêtera pas pour toi.

— Attendez... »

Tootsie me fourra un mouchoir dans la bouche. Je tentai de le recracher, mais il me noua une corde autour de la tête.

« Personne ne te verra, souffla-t-il. Personne ne

t'entendra. Encore dix minutes, rappelle-toi, beau gosse. Dans dix minutes, tu seras moins beau à regarder. »

Le punk gloussa une dernière fois. Tootsie se releva et rajusta sa robe. Puis, bras dessus bras dessous avec Scarface, il s'éloigna. Je restai seul, ligoté en travers de la voie. La pluie tombait plus fort que jamais.

12

HORS DES RAILS

Un jour j'écrirai un livre. Il s'appellera : *Situations délicates*, de N. Simple. Mais ne vous attendez pas à y trouver un chapitre intitulé « Comment se détacher des rails d'une voie de chemin de fer, sous une pluie battante, quand un train rapide fonce sur vous à 150 kilomètres à l'heure ». Ce chapitre-là n'existera pas car, autant vous le dire tout de suite, un tel exploit est impossible.

Sitôt après le départ de Tootsie, Spike et Scarface, je tentai de bouger les pieds, mais c'est tout juste si je parvins à remuer les orteils. Puis j'essayai de faire glisser mes mains sous la corde. Ils l'avaient serrée trop fort, je n'avais aucune chance de m'échapper.

Les liens mordaient ma peau et me coupaient la circulation. Et la pluie n'arrangeait rien. Elle m'aveuglait et m'empêchait de voir ce que je faisais. Ce qui n'avait guère d'importance, je suppose, puisque précisément je ne faisais rien. Il n'y avait rien à faire.

Soudain, un grondement se fit entendre. Je tournai la tête juste à temps pour voir un énorme train surgir dans la pluie. À moi en tout cas, de ma position au ras du sol, il parut énorme. Le bâillon étouffa mon cri. J'aperçus le conducteur, perché tout en haut, qui fumait. Mon corps se raidit dans l'attente des roues qui allaient l'écraser. Il me semble avoir murmuré une prière. Personnellement je ne crois pas en Dieu. Et à en juger par la façon dont les choses se sont déroulées récemment, on dirait que Dieu ne croit pas non plus en moi. Néanmoins, mieux vaut avoir la vie sauve que des remords...

Le train était presque sur moi. Il y eut un violent claquement métallique, et la locomotive bifurqua brusquement sur le côté. Quelqu'un, quelque part, avait actionné les aiguillages. Le train poursuivit sa route sur la voie parallèle à la mienne. Ses roues passèrent à un ou deux mètres de ma tête. C'était désagréable, mais beaucoup moins que si elles avaient roulé dessus. Je pus admirer toutes les pièces du châssis.

C'était un long convoi.

Le dernier wagon s'éloigna. Quelque part, une

lumière passa du rouge au vert. Un autre déclic annonça un nouveau changement d'aiguillage. Un rail se déplaçait pour diriger le prochain train dans la bonne direction. Un pigeon solitaire me survola. Les nuages filaient dans le ciel.

Soudain je me mis à trembler. C'était une sensation bizarre car j'avais l'impression de trembler depuis le début. Et puis je me rendis compte que je n'étais pas le seul à trembler. Les rails aussi. Ils vibraient. Doucement d'abord, puis de plus en plus violemment. Je n'entendais rien. Je ne voyais rien. Mais je savais qu'un train approchait. Et, cette fois, il roulait sur ma voie.

Je crois que, à cet instant, je devins fou furieux. Je me débattis comme un forcené, mon corps se soulevait, mes bras et mes jambes tiraient sur les cordes. En vain. Je ne faisais que meurtrir mes chevilles et déchirer mon pantalon. Je me forçai à me raisonner. Après tout, ce n'était pas si grave, me répétais-je. Il y avait des choses pires dans la vie que de se faire rouler dessus par un train. Par exemple... Je ne trouvai aucun exemple. Et je redevins fou furieux.

Je gigotais toujours lorsqu'un sifflement éclata au loin. Il trouait la nuit comme un pique-feu rougi à blanc. Le train ne devait plus être qu'à deux kilomètres, ce qui me laissait environ deux minutes à vivre. Ici repose en miettes Nick Simple, âgé de treize ans, sept mois et deux minutes.

Et puis un homme parut.

Du moins je crus que c'était un homme. Il avait surgi de nulle part. Il se dressait au-dessus de moi, sa tête me paraissait à des kilomètres de ses pieds. Il portait un anorak avec la capuche rabattue sur la tête et la pluie battante m'empêcha de discerner ses traits.

« Mmmm, ngggg », dis-je.

Il est difficile de s'exprimer correctement avec un bâillon.

L'inconnu se pencha et, l'espace d'une seconde, je crus qu'il allait me plonger son couteau dans le cœur, pour m'achever avant l'arrivée du train. Au lieu de cela il trancha la corde qui liait mes poignets. Je m'assis et arrachai mon bâillon. Les rails vibraient de plus en plus fort, comme sous le coup d'une interminable décharge électrique.

L'homme lâcha son couteau et s'éloigna sans dire un mot. Je n'avais pas la moindre idée de son identité, pourtant, tout au fond de moi, quelque chose me disait que je le connaissais. Costaud, large d'épaules, une mèche de cheveux clairs dépassant de la capuche, c'est tout ce que je vis. Déjà il avait disparu.

« Revenez ! » criai-je.

Il ne répondit pas et je me tus. Inutile d'apprendre au Grand Ed que j'étais libre, et de toute façon l'heure n'était pas aux bavardages. Le

train surgit au loin. La lumière unique de la locomotive brillait comme un œil de cyclope. Je récupérai le couteau et m'attaquai aux cordes qui bloquaient mes chevilles. Mais mes mains engourdies ne m'obéissaient plus. Le couteau dévia et je me blessai le pied. Le train n'était plus qu'à quelques dizaines de mètres. Le rugissement de la locomotive m'emplit les oreilles. Je coupai une corde, puis une autre. Le train rugit. J'étais libre. Je me propulsai hors des rails. Une seconde de plus et il aurait été trop tard.

Tchou-tchou-tchou, tchou-tchou-tchou, tchou-tchou-tchou...

Était-ce le bruit des roues sur les rails ? Ou bien le battement de mon cœur ? Je n'entendais rien d'autre, étendu là, les mains agrippées au sol. Le train défila entre mon mystérieux sauveteur et moi. Et lorsque le dernier wagon fut passé et la voie redevenue libre, l'homme avait disparu. Qui était-il ? Pourquoi n'avait-il pas attendu pour que je le remercie ? Larges épaules et cheveux clairs. Aucun des hommes du Grand Ed ne répondait à cette description. Pourtant personne d'autre n'était au courant de ma présence dans la gare.

Je me relevai et titubai avant de recouvrer mon équilibre. Je ne me sentais pas précisément dans une forme éblouissante. En fait, je ne sentais rien, pas même mes doigts. Mon pantalon était déchiré, ma jambe tailladée. J'étais trempé et couvert d'ecchymoses. Mais je dois admettre que mon état aurait été bien pire si on ne m'avait pas délivré. Qui donc m'avait secouru ? Et comment m'avait-il découvert ?

Je n'avais pas l'intention de rester au beau milieu de la gare de triage de Clapham pour trouver les réponses. Cela viendrait plus tard. Pour l'instant il me fallait fuir. Mes problèmes étaient loin d'être résolus. Si je retournais à Wapping, il me faudrait expliquer mon absence à Johnny et à sa mère. Et qu'Herbert ait passé les dernières douze heures en leur compagnie me faisait craindre le pire. En douze heures, ces deux-là avaient fatalement dû flairer un mauvais coup.

Il me fallait absolument regagner leur confiance. Or, le meilleur moyen d'y parvenir était de rester à proximité d'une voie de garage ferroviaire désaffectée. Et puis, de toute façon, j'avais un compte à régler avec le Grand Ed. J'étais gelé, épuisé, endolori, trempé, et affamé. Johnny ne pourrait plus rien me refuser si je mettais le Grand Ed hors circuit, et j'avais une petite idée de la façon de procéder pour y arriver.

Je revins vers le chantier. Les bidons de carburant. Je les avais remarqués lorsque l'on m'avait emmené pour me ligoter sur les rails. Dix bidons métalliques avec deux mots écrits en rouge : DAN-

GEREUX – INFLAMMABLE. Deux mots qui s'appliquaient parfaitement à mon humeur à cet instant. Ces gens-là étaient des méchants. Le temps était venu de leur infliger une leçon douloureuse.

Aucune lumière ne filtrait du wagon du Grand Ed. Contrairement à mes craintes, personne ne montait la garde. Pourquoi se seraient-ils méfiés ? Le Grand Ed m'avait lui-même expliqué que la police ignorait sa cachette, et il n'avait plus à redouter une visite de ma part. Il devait tranquillement dormir dans son lit, tandis que Tootsie, Spike et Scarface somnolaient dans le wagon voisin. Plus pour très longtemps...

La pluie commençait à se calmer, mais de gros nuages continuaient de cacher la lune. Attentif à ne faire aucun bruit, je m'éloignai des wagons pour revenir aux bidons. Un petit coup tapé sur l'un d'eux me confirma qu'il était plein. Chaque bidon était fermé par un bouchon en fer. D'abord il résista, sans doute bloqué par la rouille, mais à l'aide du couteau je parvins à le desceller. Une odeur forte de kérosène m'emplit les narines.

Les bidons étaient bien trop lourds pour songer à les soulever. En rassemblant toutes mes forces, je parvins toutefois à en faire basculer un. Mais j'eus du mal à le retenir et il heurta le sol avec un bruit de gong. Il me fallut deux minutes pour trouver le courage de continuer. Rien n'avait bougé dans le wagon.

Je roulai le premier bidon à travers le terrain jusqu'à ce qu'il se bloque contre les roues du wagon de tête, celui aménagé en salon, avec les lustres et le meuble-bar. Le pétrole, ou quel que soit le nom du produit, s'écoulait sur le sol. Je pris soin de ne pas me tacher, mais une fois le dernier bidon en place, j'empestais comme une station-service un jour d'affluence. J'avais ouvert quatre des bidons et roulé trois d'entre eux à travers le chantier. Un par wagon. En dehors du crissement des graviers et du glouglou du carburant, je ne fis aucun bruit. Au bout de cinq minutes, un lac miniature s'était formé autour de la planque du Grand Ed. Et le pétrole continuait de s'écouler des bidons.

J'essuyai mes mains sur mon pantalon (ce qui les salit davantage) et revins vers le quatrième bidon. Celui-là, je le roulai dans la direction opposée, vers les voies. Le soulever sur les rails me posa des problèmes. Il semblait peser une tonne. Mais après ce fut facile. Les bords du bidon s'imbriquaient parfaitement dans les rails et il roulait sans efforts. Une légère pente descendait vers Clapham, et je n'avais pas à m'inquiéter des aiguillages. Il me suffit d'une simple poussée de la main pour le faire rouler jusqu'au bout. Une traînée de pétrole s'allongea sur son passage.

Maintenant vous pouvez imaginer le tableau. Une piscine de produit inflammable sous le wagon-planque du Grand Ed. Une longue coulée du même produit descendant jusqu'à la gare. *« Allumer le papier contact bleu et mettez-vous rapidement à l'abri »*, peut-on lire sur la notice des feux d'artifice. Or, c'était bien un feu d'artifice que j'avais en tête, et le Grand Ed serait *définitivement* à l'abri.

La gare de triage de Clapham avait fermé ses portes pour la nuit. J'étais seul sur les quais extérieurs. Le quatrième bidon était presque vide et je pus le hisser sur le quai pour prolonger la coulée jusqu'à une cabine téléphonique. Je l'abandonnai là et partis à la recherche d'allumettes. Cela me prit plus longtemps que prévu mais j'en découvris enfin une boîte dans la salle d'attente. Il ne restait qu'une seule allumette.

Je revins à la cabine téléphonique, composai le numéro de l'opératrice, et lui demandai de me passer la police. Il y eut un déclic, un silence, puis une voix :

« Ici la police. D'où appelez-vous ?

— Écoutez, dis-je. Est-ce que ça vous plairait d'arrêter le Grand Ed ? »

Un long silence accueillit mes paroles. Il était facile d'imaginer la confusion régnant à l'autre bout du fil. Il y eut un autre déclic. Ils essayaient peut-être de repérer mon appel, mais cela ne m'inquiétait pas. Je serais parti depuis longtemps à leur arrivée.

« Allô, vous êtes toujours là ? lança une autre voix.

— Je sais où vous pouvez trouver le Grand Ed, dis-je. Si ça vous intéresse.

— Qui êtes-vous ?

— Peu importe, répondis-je en éternuant (j'avais attrapé un rhume). Vous le voulez, oui ou non ?

— Bien sûr, nous le voulons. »

Ça, c'était la seconde voix. Ils avaient dû transférer la communication pendant que je parlais.

« Où est-il ?

— Il possède trois wagons immobilisés sur une voie de garage, à proximité de Clapham. Juste à côté du chantier de construction.

— Il y a beaucoup de chantiers dans le coin. Comment reconnaîtrons-nous le bon ? »

Je ne répondis pas. Je glissai le récepteur sous mon bras et grattai l'allumette. Avec les vapeurs d'essence qui gorgeaient cet espace confiné, je fus presque étonné que tout n'explose pas. Je jetai l'allumette enflammée sur le quai. Le pétrole s'embrasa et, comme une sorte d'animal mythique couvert de plumes de feu, il fila dans la nuit, droit sur le train du Grand Ed.

« Comment le trouverons-nous ? insista la voix au téléphone.

— Très facilement », répondis-je avant de raccrocher.

13

LE BOUT DU MONDE

En quittant la gare de Clapham, je me conduisis on ne peut plus prudemment. J'étais trempé, j'empestais le pétrole, j'allais devoir traverser Londres avec toute la population à mes trousses, et je serais probablement tué en arrivant a Wapping. À part cela je n'avais aucun souci à me faire. La journée s'annonçait radieuse.

Je me tapis dans l'ombre pour laisser passer deux voitures de police qui roulaient à toute vitesse, toutes sirènes hurlantes. Peut-être est-ce leur vue qui me remit les idées en place ? Quel besoin avais-je de retourner tout de suite auprès de Johnny Powers et de sa bande ? Même s'ils me conduisaient jusqu'à Fence, cela ne me servirait pas à grand-chose. Snape et Boyle étant morts, qui croirait mon histoire ? Même Herbert avait été difficile à convaincre, pourtant il me connaissait mieux que quiconque.

Mais supposez que quelqu'un ait vu les deux policiers me rendre visite à l'école. L'inspecteur-chef Snape et sa brute d'assistant n'étaient pas de ces gens que l'on oublie facilement. Si je pouvais prouver qu'ils étaient venus avant l'incident de Woburn, le reste de mon histoire paraîtrait aussitôt plus crédible. Un seul problème : qui avait bien pu les voir ? Cela s'était passé un jeudi en fin d'après-midi. À cette heure tout le monde avait déjà quitté l'école. Et Snape avait sans doute attendu ce moment pour me voir seul.

Pourtant quelqu'un devait s'être attardé. Noël Harvey St. John Palis. Cela lui ressemblait bien de patienter dans la salle des professeurs pour s'assurer que je ne me défilais pas. Or, la salle des professeurs se situait précisément entre l'entrée principale et ma classe. S'il existait un témoin de la visite des deux policiers, c'était Palis. Par je ne sais quelle coïncidence, je connaissais l'adresse du professeur de français. Il m'avait un jour demandé de lui apporter une composition que j'avais terminée en retard. Il habitait un appartement proche de King's Road, dans un endroit surnommé le Bout du Monde. Je pouvais m'y rendre tout de suite. C'était moins loin à pied que Wapping. Et j'avais des chances de le trouver chez lui.

Je me mis donc en route, en prenant soin de rester dans les coins sombres. Pourtant on risquait plus de me repérer à l'odeur qu'à la vue. Je pouvais toujours prétendre avoir été attaqué par un buveur d'alcool à brûler. Il faut vous dire que j'avais aperçu mon reflet dans la vitrine d'un magasin et que je ne m'étais pas reconnu moi-même. J'aurais pu poser pour l'affiche d'une campagne contre les enfants martyrs. J'avais les cheveux en bataille, des cernes noirs sous les yeux, mes vêtements étaient en loques et je paraissais amaigri.

Le Grand Ed portait en grande partie la responsabilité de mon état mais, à cette heure, son état à lui était sans doute plus pitoyable que le mien.

Je suivis le trajet du bus 49, qui longeait la Tamise avant de la franchir à Battersea Bridge. La pluie avait enfin cessé, amélioration qui n'avait d'ailleurs plus guère d'importance pour moi à cet instant. Le plus périlleux fut la traversée de la rivière, car le pont offrait un terrain découvert et brillamment éclairé. Un nombre surprenant de véhicules y circulaient à cette heure pourtant tardive de la nuit. À chaque voiture qui passait, je me mettais à trembler et m'efforçais de dissimuler mon visage. Si un car de police était passé à ce moment-là, vous auriez pu dire adieu au chapitre 14.

Finalement je parvins à m'enfoncer assez loin dans le quartier de Chelsea avant d'être repéré.

Arrivé au croisement de King's Road, je m'arrêtai pour m'orienter. Deux policiers étaient en faction sur le trottoir opposé, devant la banque Westminster. Tout d'abord ils feignirent ne pas m'avoir vu. Après tout, on m'avait décrit comme un individu armé et dangereux. Du coin de l'œil, je surpris l'un d'eux donner un coup de coude à son collège, puis glisser quelques mots à l'intérieur de sa veste. Une vraie conversation avec son aisselle. Un poste émetteur devait se cacher là-dessous. Le policier demandait de l'aide.

L'air naturel, je tournai à gauche et commençai à descendre King's Road en direction du Bout du Monde. Pas besoin de me retourner pour savoir que les deux policiers me suivaient. Pourtant je continuai de jouer la comédie. J'étais un garçon comme les autres, innocent, qui faisait une petite promenade nocturne. Les vêtements en loques et l'odeur d'essence ? Rien qui puisse vous inquiéter, monsieur l'agent. Je m'habille toujours comme ça. Je tournai un autre coin de rue et, l'espace d'un instant, échappai à leur vue. Je me mis à courir.

Il était déjà trop tard. Je l'avais aperçue au moment précis où je m'élançais : une voiture de police roulant dans ma direction à toute allure. Eux aussi m'aperçurent. La sirène et le gyrophare bleu entrèrent en action et la voiture stoppa en travers de la route pour me couper le passage. Dans un sursaut d'énergie, je virai brusquement à gauche, passai devant un pub et m'engageai dans une rue étroite. Les pneus de la voiture de police hurlèrent quand elle tourna à ma poursuite. La première rue à droite s'appelait Ann Lane. C'était la rue où habitait Palis. Il y avait une benne garée devant le chantier d'un immeuble en construction. Sans prendre le temps de regarder ce qu'elle contenait, je plongeai dans la benne tête la première.

La voiture de police s'engagea dans Ann Lane et continua tout droit. Sa sirène dut réveiller tous les habitants de la rue, sinon du quartier tout entier. J'attendis qu'elle eût disparu pour redresser la tête. Outre les gravats habituels, quelqu'un avait jeté dans la benne les restes d'une bonne douzaine de repas. Ma tenue laissait déjà à désirer auparavant, mais maintenant j'avais l'apparence et l'odeur d'un tas d'ordures ambulant. Toutefois je n'avais pas le temps de me soucier de mon aspect extérieur. Ann Lane était une impasse et la police allait revenir d'un instant à l'autre. Disparaître me préoccupait donc bien davantage que paraître.

J'avais à peine fait dix pas que le faisceau des phares m'arrêta. La voiture de police avait rebroussé chemin et roulait maintenant plus doucement. Je regardai à droite et à gauche. Il n'y avait aucune cachette possible sur les côtés, aucun endroit où ils ne pourraient me repérer. Rien sur les côtés, mais au-dessus ? Une voiture était garée en retrait, en travers du trottoir. Je pris mon élan, sautai sur le capot, puis sur le toit, et enfin sur la toiture inclinée de ce qui ressemblait à un garage. Mes empreintes se voyaient sur la carrosserie mais, avec un peu de chance, personne ne les remarquerait. Je me jetai à plat ventre. La voiture de police s'arrêta.

Le fait que Palis vivait à Chelsea ne signifiait pas qu'il fût riche. Il habitait un logement communal dans un immeuble long, dont la façade donnait sur King's Road et l'arrière sur Ann Lane. Les appartements étaient tous identiques, construits sur deux étages, avec des rideaux en tulle, des pots de fleurs suspendus, et des vitres fumées aux fenêtres de salles de bains qui, toutes, se situaient au-dessus des portes d'entrée. Chaque porte donnait sur un petit jardin carré et tous les jardins étaient encombrés de voitures d'enfants et de caisses de vieux outils.

Les appartements étaient construits au-dessus d'une rangée de boutiques. Le toit sur lequel j'étais allongé couvrait l'arrière d'une de ces boutiques. Au-dessus de moi, il y avait une rambarde blanche. En l'enjambant je me serais retrouvé au niveau des appartements. En d'autres termes, les appartements étaient situés au-dessus de ma tête, et la voiture de police garée en dessous. J'étais coincé entre les deux.

Des pas arrivèrent en courant sur le trottoir. Je risquai un œil et distinguai la silhouette des deux premiers policiers. Ils s'arrêtèrent près de la voiture de leurs collègues.

« Aucun signe de lui ?

— Non. Il a dû rebrousser chemin.

— Vous êtes certains que c'était lui ?

— Aucun doute. Un sale petit garnement... »

Ce n'était pas le moment de contester, d'autant qu'ils s'apprêtaient à faire demi-tour. Mais alors une chose épouvantable se produisit. Une lumière s'alluma au-dessus de ma tête. Le faisceau balaya le toit et m'épingla dans un triangle lumineux. Puis une porte s'ouvrit, quelqu'un sortit sur le balcon et se pencha pour héler les policiers.

« Que se passe-t-il ? » lança une voix.

C'était une voix que je connaissais trop bien. Je me retournai. Palis se tenait sur le balcon, en pyjama et peignoir bleu. Penché comme il était vers les policiers, je me trouvai exactement dans sa ligne de mire. Il ne pouvait pas ne pas me voir. Il me vit. Il fronça les sourcils. Je me mis à trembler. Un mot de lui et c'était la fin. Désespéré, je mis un doigt sur mes lèvres en lui adressant un regard implorant.

« Nous recherchons quelqu'un, expliqua un policier. Un jeune garçon...

— Cela justifie-t-il ce vacarme infernal ? » répliqua Palis.

Je respirai. Pour l'instant, j'étais sauvé.

« Il est dangereux, monsieur, reprit le policier.

— Moi aussi, je suis dangereux, quand on me réveille au milieu de la nuit, gronda Palis. Celui que vous recherchez n'est visiblement pas ici, alors je vous suggère d'aller plus loin réveiller quelqu'un d'autre. »

Il y eut un petit conciliabule puis la voiture de police s'éloigna, et les deux policiers à pied passèrent sous l'immeuble pour rejoindre King's Road. Palis se tourna vers moi.

« C'est vous, Simple ? dit-il d'un ton incrédule.

— Oui, monsieur, répondis-je en me redressant. Merci beaucoup, monsieur Palis.

— Vous feriez mieux de monter avant que quelqu'un vous voie. »

Je grimpai par-dessus la rambarde pour le rejoindre sur le balcon.

« Merci, répétai-je. Merci de ne pas m'avoir livré...

— J'avais une bonne raison, sourit Palis.

— Je suis innocent, m'écriai-je. Je n'ai rien fait. En réalité, depuis le début, je travaille pour la police.

Encore maintenant... Seulement... c'est difficile à expliquer.

— Vous feriez mieux de rentrer. »

Je suivis Palis dans son appartement. C'était exactement le genre d'endroit où l'on s'attendait à voir habiter un professeur de français. Jusqu'à la tour Eiffel miniature posée sur la cheminée. Des livres s'empilaient très haut sur une table : des classiques français, des ouvrages d'art, des livres scolaires. Il y avait même un tableau d'affichage semblable à celui de la salle des professeurs, où étaient punaisées toutes sortes d'informations : programmes de théâtre, emploi du temps, etc. Palis était un homme ordonné et organisé, mais il n'était pas riche. La moquette était synthétique, le mobilier d'occasion. Il vivait seul. Cela se sentait sans avoir à poser de questions.

« Asseyez-vous, dit Palis. Je vais vous faire du thé.

— Merci, monsieur, répondis-je en m'asseyant devant la table. Et merci encore de ne pas m'avoir livré à la police. Pourquoi ne l'avez-vous pas fait ? Vous disiez que vous aviez une bonne raison...

— Exact, acquiesça Palis. Je n'ai jamais cru que vous étiez véritablement responsable du vol de l'escarboucle, Simple. Vous êtes assez mauvais en français, souvent inattentif, mais en dépit de toutes les preuves, j'ai toujours eu beaucoup de mal à vous croire l'auteur d'un crime aussi épouvantable. »

Palis se retira dans la cuisine pour préparer le thé. Pendant ce temps, je feuilletai quelques cahiers d'exercices. Les traits rouges et les annotations sarcastiques me rappelaient davantage le Palis que je connaissais. Celui-là était différent. Mais mettez n'importe quel professeur dans un peignoir bleu et des chaussons éculés, et vous le verrez sous un autre jour.

Palis revint avec deux tasses et une assiette de biscuits posée dessus en équilibre. Une odeur désagréable régnait dans la pièce. C'était moi. Palis feignit poliment de ne pas le remarquer. La vie est bizarre. En l'espace de quelques semaines, j'avais été victime d'un coup monté et expédié en prison. Je m'étais évadé, j'avais participé à une folle cavale à travers Londres, on m'avait kidnappé et ligoté sur des rails de chemin de fer. Et pourtant me retrouver en pleine nuit dans l'appartement de mon professeur de français devant une tasse de thé me paraissait plus irréel que tout le reste.

« Maintenant, racontez-moi votre histoire, Simple, suggéra Palis. Vous disiez que vous travailliez pour la police...

— Oui, monsieur. C'est pourquoi je suis venu vous voir. Vous vous souvenez du jour où vous m'avez obligé à conjuguer tous les temps du verbe *rire*, pour me punir d'avoir plaisanté en classe ?

— Oui, je m'en souviens. Et vous ne m'avez toujours pas rendu votre punition, Simple.

— Je la finirai ce soir, monsieur.

— Non, cela peut attendre. Continuez...

— Eh bien, c'est ce jour-là qu'ils sont venus. Je me demandais si vous les aviez croisés. C'était un jeudi après-midi. Deux hommes... Snape et Boyle. Costauds et moches.

— Non, répondit Palis en secouant la tête. J'ai quitté l'école assez tôt, ce jour-là. Je suis allé à la bibliothèque avec *Le Bossu*.

— Et lui, il aurait pu les voir ?

— Je parle du livre, Simple.

— Oh, je vois. »

Ainsi c'était raté. Palis n'avait rien vu. Mais maintenant que j'avais commencé, autant raconter mon histoire jusqu'au bout, et depuis le début. Palis ne m'interrompit pas une seule fois. J'ignorais s'il me croyait ou non. Lorsque j'eus fini mon récit, le thé était froid.

« Cette Pénélope..., murmura Palis. Vous allez essayer de la trouver ?

— Oui.

— Si vous réussissez, je pense que vos ennuis seront terminés.

— En admettant que l'on me croie, remarquai-je d'un ton maussade.

— Moi, je vous crois, Simple, reprit Palis en se

levant. Je ne sais d'ailleurs pas pourquoi. C'est un vrai conte !

— Un règlement de comptes, plutôt.

— Une histoire extraordinaire. Mais je vous crois. La question est de savoir ce que je peux faire pour vous aider. »

Cette question-là n'avait pas de réponse. Si Palis n'avait pas vu Snape me rendre visite à l'école, j'avais perdu mon temps en venant chez lui.

« Je vais partir, dis-je.

— Attendez demain matin. Pour l'instant, vous avez besoin d'un bain chaud et d'un lit pour dormir. J'ai une chambre d'amis. Demain je vous conduirai à Wapping. Il me semble que plus tôt vous rejoindrez votre frère et ce... Powers, mieux ce sera.

— Il est peut-être déjà trop tard.

— Vous n'avez pas le choix, mon ami. »

Je passai donc le reste de la nuit dans une chambre d'amis qui avait la taille d'un placard. Cela rappelait un peu ma cellule de prison, sauf que la porte n'était pas verrouillée. Je m'endormis d'un bloc, agrippé à l'oreiller. Et je rêvai. Je rêvai d'Herbert dans son déguisement de truand. Je rêvai de Johnny Powers, d'un lion, d'un train rapide. Je crus entendre le tintement d'une sonnette et quelqu'un parler à voix basse, mais la voix se transforma en celle du juge énonçant sa sentence. Je me vis sur la chaise électrique, avec Ma Powers qui s'apprêtait à actionner le courant. Je vis sa main s'abaisser. Il y eut un éclair de lumière. J'ouvris les yeux. Le soleil pénétrait par la fenêtre. Il m'éblouissait. J'étais réveillé. J'avais déchiré l'oreiller en deux.

14

LA PORTE DE L'ENFER

Après le petit déjeuner, Palis me conduisit en voiture jusqu'à Wapping. Le risque d'être vu en ma compagnie le rendait nerveux, ce qui était compréhensible. Si on l'avait trouvé avec moi, la seule école qui l'aurait accepté comme enseignant aurait été un centre pénitentiaire. Il me demanda de m'allonger sur le siège arrière de sa vieille Peugeot et ne dit pas un mot de tout le trajet, exactement comme s'il avait voyagé seul. Je dus admettre que je l'avais mal jugé. Il aurait pu alerter la police à n'importe quel moment de la nuit et se mettre à l'abri. Or, non seulement il ne l'avait pas fait, mais il était allé m'acheter des vêtements de rechange au supermarché du coin. J'avais juste gardé mes chaussures de prison.

Nous étions dimanche et Wapping était encore plus désert que la veille. La pluie n'avait pas enjolivé le quartier. Dépourvues de caniveaux, les rues ne savaient quoi faire de toute cette eau qui stagnait sur place en larges flaques, miroirs troubles réfléchissant un ciel trouble. Palis s'arrêta près de la station de métro et je descendis de la voiture.

« Merci, monsieur Palis..., commençai-je.

— Bonne chance, Simple, répondit-il vivement, pressé de filer pour retrouver son petit monde douillet de carpette synthétique et de compositions de français. J'espère que tout s'arrangera. Si vous avez besoin d'aide, contactez-moi.

— Je n'y manquerai pas. »

Palis démarra. Les roues arrière éclaboussèrent mes vêtements neufs d'eau sale et de gadoue. Je pris ma respiration. Il n'y avait personne alentour. Il me restait maintenant à affronter Johnny Powers et le persuader que j'étais toujours de son côté.

Mon souci majeur demeurait Herbert, qui était resté seul avec Johnny pendant vingt-quatre heures. Or, même vingt-quatre minutes auraient suffi pour m'inquiéter. Ils avaient dû le questionner. Avait-il donné les bonnes réponses ? Un mot déplacé et il pouvait réserver sa place dans le cimetière le plus proche. Mais Palis avait raison : je n'avais pas le choix. Si je ne revenais pas, Herbert était perdu.

Je descendis l'avenue de Wapping jusqu'au tournant où se dressait (ou plutôt s'effondrait) la maison de Powers. Tout semblait tranquille. Pourtant j'éprouvais une curieuse sensation de picotement. Appelez ça une sonnette d'alarme, si vous voulez. Quelque chose clochait mais je ne savais pas quoi. C'était peut-être trop tranquille. Ou bien autre chose, que j'avais vu ou entendu.

Je m'arrêtai devant la porte d'entrée, levai le doigt pour sonner, puis me ravisai. Powers n'attendait pas de visiteurs. Ça lui ressemblerait bien de cribler la porte d'une douzaine de balles avant de l'ouvrir. Je reculai donc vers la fenêtre pour jeter un coup d'œil à l'intérieur. Les rideaux étaient tirés. Dormaient-ils donc tous ? Il était onze heures. Même s'ils avaient décidé de faire la grasse matinée, ils auraient laissé Nails Nathan pour monter la garde. Ou alors ma prudence était exagérée. Tout était tranquille à Wapping parce que Wapping était toujours tranquille. J'allais entrer dans la maison et l'on m'accueillerait au sein de la famille. S'ils étaient vraiment en colère, je risquais une petite correction, mais j'en avais supporté d'autres. Et puis j'avais de bonnes nouvelles à leur annoncer au sujet du Grand Ed et de sa bande.

Je revins donc devant la porte et levai le doigt vers la sonnette. C'est alors que je le vis.

C'est la couleur qui me sauva. Le quartier de Wapping était d'un gris uniforme, avec quelques taches éparses de brun et de noir. Le regard s'y habituait assez vite et repérait la moindre couleur un peu criarde. Or, ce que je vis était d'un jaune vif. Il s'agissait d'un petit morceau de plastique d'environ un centimètre de long, posé sur le seuil de la porte. Je m'agenouillai pour le ramasser. Il y avait deux filaments de cuivre à l'intérieur. C'était une section de fil électrique. Que faisait-il à cet endroit ?

Mes yeux se reportèrent sur la sonnette et je me figeai. Je venais subitement de me rappeler que, à notre arrivée, il n'y avait pas de sonnette. Or, celle-ci était flambant neuve. On l'avait posée tout spécialement à mon intention.

J'eus soudain envie de retourner à la station, de prendre le métro jusqu'au terminus, et d'attendre là-bas tranquillement. Cependant il restait une chance qu'Herbert soit toujours à l'intérieur de la maison. Je pris ma décision.

Je contournai la maison pour utiliser le chemin que j'avais emprunté en partant : le tas de parpaings, puis la fenêtre de ma chambre. Mais grimper était plus difficile que sauter. J'atteignis de justesse le rebord de la fenêtre et, lorsque je parvins à m'y hisser, ce fut pour découvrir qu'elle était fermée. Je dus me servir de mon coude pour briser la vitre. Si Johnny et sa mère dormaient encore, cette fois ils se réveilleraient. Mais je ne les croyais pas dans la maison. Je croyais qu'ils avaient filé depuis déjà un certain temps.

Un petit morceau de plastique jaune...

Je traversai précipitamment la chambre en découvrant que le lit d'Herbert avait récemment servi. Rien d'autre ne semblait en désordre. Personne ne se manifesta lorsque je m'engageai dans le couloir, mais, dans l'escalier, un cri étouffé me parvint. Je m'arrêtai net en arrivant au bas des marches. Deux minutes durent s'écouler avant que j'ose enfin faire un geste.

Herbert était assis sur une chaise, ligoté et bâillonné. Il portait toujours son pyjama mais un plaisantin lui avait remis son chapeau mou de gangster sur la tête. Herbert contemplait fixement un objet posé sur la table à quelques pas de lui. C'était un réveil Walt Disney avec Mickey qui pointait l'heure de ses mains gantées de blanc : onze heures moins sept. Mais Walt Disney n'était pas responsable du reste : six bâtons de dynamite fixés au réveil, et un fil jaune qui courait jusqu'à la porte.

Une bombe à retardement. Elle était programmée pour onze heures, mais il suffisait que quelqu'un sonne à la porte pour la faire exploser plus tôt, et

que Mickey, Herbert et moi soyons réduits en miettes.

Je me forçai à bouger. Herbert m'avait aperçu du coin de l'œil et il gigotait sur sa chaise en grognant. Je lui retirai son bâillon.

« Salut, Herbert.

— Nick ! couina mon frère. Sors-moi d'ici ! Au secours ! Fais quelque chose ! Appelle la police ! Appelle le service de déminage ! Où étais-tu passé ? Comment as-tu pu me faire une chose pareille ? »

Un instant je fus tenté de lui remettre son bâillon. J'avais besoin d'agir vite et l'entendre me crier dans les oreilles ne m'aiderait pas. Je n'avais pas le temps de le délivrer. Powers avait utilisé du fil de fer qui ne pouvait se couper facilement. Le réveil indiquait onze heures moins six. Il m'aurait fallu plus de six minutes pour seulement libérer les jambes d'Herbert, et il était dans un tel état d'effondrement que ses jambes ne lui auraient servi à rien.

« C'est ta faute, reprit Herbert. Jamais je n'aurais dû t'aider à t'évader. Ce n'est pas juste. Je n'ai jamais fait de mal à personne. J'aurais dû écouter maman...

— Herbert, si tu ne te tais pas, je te laisse ici. »

Il en resta bouche bée.

« Tu n'oserais pas ?

— Ne me tente pas. »

J'approchai de la table pour examiner la bombe. Le système était plus compliqué que je l'avais d'abord cru. À part le fil jaune, il y avait deux câbles, un rouge et un bleu, qui reliaient la dynamite au réveil, en passant par une sorte de boîtier de raccordement en plastique noir. Une simple vis fermait le boîtier. À côté il y avait un cylindre en verre, une sorte de valve. Le tout était entouré de deux bandes de chatterton.

« Que fais-tu ? gémit Herbert.

— Je vais la désamorcer.

— Je ne te crois pas.

— Moi non plus », répondis-je en secouant la tête.

Herbert se tut. Je levai la main et touchai la dynamite. Mes doigts tremblaient si fort que je ne les distinguais plus. Rien ne sauta. Onze heures moins cinq. J'essayai de rassembler mes connaissances sur les bombes. Malheureusement c'était une matière que l'on n'enseignait pas à l'école. Mais j'avais lu des livres et vu des films. À onze heures le réveil sonnerait. Un contact électrique se produirait, qui activerait le détonateur, sans doute la valve en verre. Et ce serait la dernière chose que je verrais.

Sonner à la porte aurait déclenché le même processus, mais un peu plus tôt. Comment désamorcer le mécanisme ? Il ne possédait pas de détecteur sensible au toucher puisque le contact de ma main n'avait provoqué aucune réaction. Je pouvais couper un fil mais j'ignorais lequel, et c'était trop risqué. Bouger les aiguilles du réveil ? Cela semblait si évident que c'était vraisemblablement mortel.

Mes yeux ne cessaient de revenir au boîtier de dérivation avec cette simple vis. La solution était peut-être là. Couper le circuit électrique et neutraliser ainsi tout le mécanisme. J'avais oublié mon couteau au Bout du Monde. Il me fallait un tournevis ou une lame très étroite. Je me redressai.

« Où vas-tu ? s'inquiéta Herbert.

— Dans la cuisine.

— Dans la cuisine ? Nick, ce n'est pas le moment de boire une tasse de thé ! »

Je l'ignorai. Une minute plus tard je revins avec un couteau à légumes. Ce n'était pas l'idéal mais au moins le bout de la lame était aplati. Une autre minute. Il n'en restait plus que quatre.

Ma main continuait de trembler. Je m'immobilisai un instant pour reprendre mon contrôle.

Onze heures moins trois.

J'insérai l'extrémité du couteau dans le trou situé au-dessus du boîtier noir. La lame glissa et toucha l'un des fils. Mon cœur fit un saut périlleux arrière et plongea dans mon estomac. Je transpirais à grosses gouttes. La sueur dégoulinait sur mon visage. Je me forçai à me concentrer et insérai à nouveau le couteau dans l'orifice. La lame toucha la vis. Je tournai.

La vis refusa de bouger. J'essayai encore, plus fort.

Cette fois la vis céda. Et si c'était une vis vicieuse ? Il était trop tard pour reculer. Le couteau fit trois tours complets. La vis se souleva, puis tomba sur la table avec un petit bruit. Herbert couina.

Je reposai le couteau et saisis le couvercle du boîtier entre le pouce et l'index. Mes doigts ne m'avaient jamais semblé si gros ni si malhabiles. J'ignorais combien de temps s'était écoulé et je n'osais pas regarder le réveil. Mes doigts trouvèrent enfin une prise sur le plastique noir et soulevèrent le couvercle aussi doucement que possible. Je craignais qu'un fil ou un ressort ne maintienne le contact. Il n'y avait rien. J'écartai le couvercle et essuyai la sueur de mes yeux. Jusque-là tout allait bien.

J'avais eu raison pour le circuit électrique. Le boîtier contenait un fil et un interrupteur ordinaire, avec trois positions. Pour l'instant il se trouvait au milieu. Je pouvais donc le pousser d'un côté ou de l'autre. Oui, mais lequel ? Si je faisais le mauvais choix, ce serait le dernier. Je jetai un coup d'œil au réveil. Il me restait moins d'une minute pour décider.

« Gauche ou droite, Herbert ? criai-je.

— Gauche ou droite quoi ?

— Réponds simplement. Gauche ou droite ?

— Gauche.

— Gauche ?

— Je veux dire... droite.

— Droite ?

— Non... gauche. Gauche ! »

Je poussai le bouton vers la droite. La sonnerie se déclencha. Herbert hurla. Mais le réveil continua de faire tic-tac. Mickey Mouse m'adressa un sourire. Mes dernières forces m'abandonnèrent. J'avais réussi.

Il me fallut une heure pour délivrer Herbert de ses liens. Mes mains n'avaient pas cessé de trembler. Enfin il put se lever, jeta un dernier regard à la bombe, et monta s'habiller. Je me laissai tomber sur sa chaise. J'avais réussi. Je n'arrivais pas à y croire. En haut, Herbert s'affairait dans la chambre. Je poussai un soupir. Il ne m'avait même pas remercié.

15

PÉNÉLOPE

Ma Powers avait laissé un peu de nourriture dans la cuisine. Herbert nous prépara à manger. Ses toasts étaient brûlés et ses œufs plus compacts que brouillés, mais j'avais trop faim pour renâcler. C'est curieux comme le danger peut vous ouvrir l'appétit. J'avais failli mourir deux fois en moins de vingt-quatre heures et mon estomac voulait fêter l'événement. J'avalai trois tasses de café et la moitié d'un paquet de biscuits sans même m'en apercevoir. Si le jeu continuait ainsi, l'obésité me guettait.

Ou bien la mort.

Je racontai à Herbert ce qui m'était arrivé depuis mon escapade : ma rencontre avec le Grand Ed et ma nuit chez Palis. L'idée nous vint de téléphoner à mon professeur, mais le moment semblait mal choisi.

« Qui était-ce, Nick ? demanda Herbert.

— Qui ?

— La personne qui t'a délivré, sur les rails.

— Je n'en ai pas la moindre idée, répondis-je en haussant les épaules. J'avais l'impression de l'avoir déjà croisé quelque part mais, avec la pluie, c'était difficile de juger. Je ne sais même pas comment il m'a trouvé, ni même si c'est un homme. J'étais au milieu de nulle part. Personne ne connaissait ma présence à cet endroit. C'est inexplicable. »

L'histoire d'Herbert était beaucoup plus claire. Je pouvais deviner ce qui s'était passé sans avoir à le questionner. Moi parti, il n'avait pas dû tenir plus de dix minutes face à Johnny Powers.

C'est à peu près ce qui arriva. À son retour Johnny avait découvert mon absence et interrogé Herbert. Les réponses de mon frère l'avaient intrigué. Or, le doute est une graine qui germe vite, et Herbert avait servi d'engrais. Johnny l'avait éloigné de la réunion de la bande qui s'était tenue dans l'après-midi. Au cours du dîner, l'atmosphère avait été aussi froide que les filets de poisson pané servis par Nails Nathan. Johnny préférant ne courir aucun risque, ils avaient ligoté et bâillonné Herbert. Je connaissais la suite.

« Johnny a dit quelque chose ?

— Rien de gentil, murmura Herbert.

— Je n'en doute pas. Mais a-t-il dit quelque chose qui pourrait nous renseigner sur l'endroit où il est allé ? »

Herbert réfléchit un instant.

« Il a lancé une blague, juste avant de partir. Ce type, Nails Nathan, venait de brancher la bombe, et il disait qu'elle allait nous souffler au ciel. Alors Powers a répondu que c'était parfait parce que, à ton retour, eux seraient descendus sous terre.

— Sous terre ? Il a dit autre chose ?

— Oui, il a parlé de jeter quelque chose, mais je n'ai pas compris quoi. En tout cas, il a dit qu'il espérait bien entendre la bombe quand elle exploserait. Je crois que Johnny Powers est un petit peu dérangé », conclut Herbert.

Dirait-on de Hitler qu'il était « un petit peu dérangé » ? Malgré tout, Herbert m'avait appris ce que je voulais savoir. Si Powers espérait entendre l'explosion, c'est qu'il comptait rester dans les parages. Par ailleurs, descendre « sous terre » pouvait simplement signifier qu'il allait se cacher, mais cela pouvait aussi signifier autre chose. Quant à ce que Johnny Powers avait voulu jeter, mystère.

Je ne fis pas de commentaire, toutefois Herbert dut lire dans mes pensées car soudain il bondit de sa chaise.

« Tu ne vas pas courir derrière lui ?

— Je n'ai pas d'autre choix, Herbert.

— Pourquoi ne pas rentrer à la maison et essayer d'oublier toute cette histoire ?

— La police nous recherche, lui rappelai-je.

— Parle pour toi.

— Toi aussi, tu es recherché, Herbert. Tu m'as aidé à m'évader, souviens-toi. »

Nous quittâmes la maison. Herbert avait enfilé des vêtements plus ordinaires, et moi, je portais ceux que m'avait offerts Palis. Comme d'habitude Wapping était désert, mais un passant ne nous aurait probablement accordé aucune attention. J'avais déniché un petit sac à dos dans la penderie de la chambre et je l'avais pris pour ressembler à n'importe quel autre garçon de mon âge. C'est du moins ce que j'avais expliqué à Herbert.

Or, ce n'était pas tout à fait la vérité. La bombe étant désamorcée et l'interrupteur bloqué à droite, je savais qu'elle était inoffensive. Je l'avais donc glissée dans le sac à dos. Qui s'en serait douté ? Et ça pouvait toujours servir.

Nous passâmes le reste de la journée à tourner en rond. La lumière se mit à faiblir, et nous aussi. Nous n'avions rien trouvé. Des milliers d'endroits auraient pu servir de cachette à Powers. Des immeubles désertés, des bâtiments en construction, des maisons inachevées et même des caravanes abandonnées.

« Si seulement Snape n'avait pas été tué », murmurai-je.

Nous nous étions arrêtés pour nous reposer sur un muret près de l'avenue Wapping. Mes chaussures de prisonnier me blessaient les pieds.

« Je croyais que tu n'aimais pas Snape, remarqua Herbert.

— C'est vrai. Mais il était la seule personne à qui nous pouvions nous adresser. Connaissant la vérité il aurait pu nous aider. »

Nous restâmes silencieux pendant un moment. Puis Herbert fronça les sourcils.

« Je me demande ce que Johnny Powers voulait jeter.

— Comment ?

— Oui, tu sais bien, je l'ai entendu parler de jeter quelque chose. Mais jeter quoi ? Et où ?

— Herbert, tu es sûr d'avoir bien entendu ?

— Oui, jeter. »

Jeter, jeter...

Soudain l'évidence me frappa. Je me sentis si stupide que je me serais volontiers frappé moi-même. Non pas *jeter*, mais *jetée* ! Et nous étions à moins d'une minute de la Tamise ! Je me relevai d'un bond et jetai le sac à dos sur mes épaules en oubliant une seconde ce qu'il contenait. Quelle malchance si j'avais sauté au moment où je tenais enfin une piste.

« Où allons-nous ? demanda Herbert.

— À la jetée. »

Je repris en sens inverse le chemin par lequel nous étions arrivés le matin de notre évasion. L'allée entre les deux entrepôts, le quai, puis la jetée. Je m'arrêtai au bout et regardai autour de moi. Ainsi que je m'en souvenais, on jouissait d'une belle vue sur Wapping. Herbert me rejoignit en se grattant la tête.

« Que fais-tu, Nick ?

— La jetée, Herbert. Powers ne parlait pas de jeter quoi que ce soit mais d'une jetée. Il doit se cacher quelque part dans le coin. Peut-être même sous nos yeux. »

Or, qu'avions-nous sous nos yeux ? Des entrepôts, d'abord. Le quai du Roi Henry d'un côté, le quai St. John de l'autre. Des grues perchées sur les berges comme de gigantesques sauterelles en train de se nourrir de maçonnerie. Plus loin, des immeubles neufs et d'autres jetées, avec l'eau gris argent leur léchant les pieds. Et puis il y avait la péniche abandonnée amarrée au quai. Elle avait quelque chose de bizarre, cette péniche. Je m'en étais fait la remarque en la voyant la première fois, mais je ne me rappelais plus pourquoi. Je l'observai plus attentivement. Oui, cette péniche avait quelque chose de bizarre mais sa bizarrerie venait subitement de perdre tout intérêt à mes yeux.

Malgré la nuit tombante et la visibilité réduite, les lettres inscrites sur son flanc restaient lisibles. J'aurais pu le remarquer la première fois si je n'avais eu l'esprit si occupé ailleurs. Comme toutes les péniches d'habitation, celle-ci portait un nom. Et ce nom était *Pénélope.*

« J'ai trouvé ! m'exclamai-je. Pénélope ! »

Herbert l'avait observée, lui aussi.

« Alors quand Powers disait qu'il allait voir Pénélope...

— ... il parlait d'un bateau, acquiesçai-je. C'est ici que son entrevue avec Fence a dû se dérouler.

— Mais tu disais l'avoir suivi dans la station de métro.

— Exact. Il a dû se rendre compte qu'il était suivi et il est passé par là pour me semer.

— Que fait-on, maintenant ? demanda Herbert.

— Maintenant ? Nous allons examiner cette péniche de plus près. »

Plus facile à dire qu'à faire. L'accès au quai était bloqué par un grand portail surmonté de barbelés. Il n'y avait aucun moyen de l'escalader, ni de le contourner. Il ne nous restait qu'une seule possibilité. Heureusement le temps était doux.

« Tu plaisantes ! s'écria Herbert lorsque je lui fis part de mon idée.

— Tu n'es pas obligé de venir, répondis-je en déboutonnant ma chemise.

— Il doit bien exister un autre moyen...

— Dis-moi lequel. »

Herbert réfléchit. Puis il déboucla sa ceinture.

« Tu m'accompagnes ? m'étonnai-je.

— Il faut bien que quelqu'un veille sur toi. »

Nous abandonnâmes nos vêtements et le sac à dos au bout de la jetée et, vêtus seulement de nos caleçons, nous nous glissâmes dans la rivière. La journée avait été douce, en effet, mais la Tamise ne l'avait pas remarqué. L'eau était glaciale. Je ne m'y étais pas enfoncé jusqu'aux genoux que déjà je ne sentais plus mes orteils.

Le courant était fort et contre nous. Herbert me suivit en barbotant comme un chien. Que les chiens ne s'en offensent pas ! Non seulement l'eau avoisinait zéro degré, mais elle était dégoûtante. Toutes sortes d'immondices flottaient à proximité de mon nez. J'essayai de nager plus vite, mais le courant me ramenait en arrière de deux brasses quand j'en faisais trois. Heureusement nous n'étions pas loin de la péniche. Il nous fallut pourtant cinq bonnes minutes avant de pouvoir enfin sortir de l'eau.

Ce qui d'ailleurs ne fut pas si facile. Le pont de la *Pénélope* était très haut et notre poids ne le fit même pas s'incliner. Finalement Herbert dut m'aider en me poussant, ce qui eut pour effet immédiat de le faire disparaître sous l'eau. Je dus ensuite lui tendre la main tandis qu'il suffoquait et toussait, un poisson mort coincé derrière l'oreille.

Je ne sais pas très bien à quoi je m'attendais en montant à bord. Certainement pas à attraper Johnny Powers, en tout cas. La seule chose que je risquais d'attraper, c'était une pneumonie. Une fois à l'intérieur, notre expédition nous apparut comme une perte de temps pure et simple.

Le bateau était vide. Il se composait d'une très grande cabine, qui ressemblait à une sorte de caisse en bois avec des fenêtres étroites et une large porte menant au pont. Le gouvernail et les manettes du moteur, autrefois à l'extérieur, avaient disparu depuis longtemps. La *Pénélope* était une carcasse rouillée, rien de plus. Une habitation de la taille d'un autocar flottant sur la Tamise, sans destination.

Herbert se tenait dans un coin en frissonnant. Le poisson le regardait de travers, coincé derrière son oreille.

« Pourquoi dois-je toujours t'écouter ? maugréa Herbert en martelant chaque mot d'un claquement de dents, sur un rythme de flamenco.

— Attends une minute », le coupai-je.

Ce n'était pas grand-chose, et ça ne valait certainement pas la baignade, mais je me baissai pour le ramasser. C'était un morceau de papier rectangulaire, blanc, avec une pliure au milieu.

« Qu'est-ce que c'est ? demanda Herbert.

— Un morceau de papier rectangulaire, blanc, avec une pliure au milieu, répondis-je. Une feuille de papier à cigarette. »

Je l'avais identifié tout de suite. Powers en roulait à longueur de journée en prison.

« Powers est passé ici, ajoutai-je.

— Peut-être, mais il n'y est plus.

— Non. Mais peut-être va-t-il revenir ?

— Nick...

— D'accord. Partons. »

Nous remontâmes sur le pont. J'éprouvais toujours cette sensation étrange. La *Pénélope* ne se comportait pas comme une embarcation ordinaire. Je subodorais quelque chose de louche, et je ne parle pas de la façon dont me regardait Herbert.

Minuit à Wapping. Herbert et moi étions tapis dans une maison en construction, juste en face du portail qui menait à la jetée où la *Pénélope* était amarrée. Nous patientions là depuis six heures. Six heures qui nous avaient paru six ans. Nous n'avions pas pu nous sécher avant de nous rhabiller et nos vêtements étaient humides et collants. Nous étions gelés et harassés. Une seule voiture était passée depuis une heure, et encore il s'agissait d'un taxi rentrant chez lui à vide. La nuit était noire, sans lune. L'unique lumière provenait d'un réverbère, à quelques mètres de là. Sa lueur fade se reflétait dans les fenêtres de la péniche.

Je commençais à me demander ce que nous faisions là, sur un quai désert, devant une rivière déserte, dans un quartier désert. Je n'avais pas de réponse et pourtant, quelque part au fond de moi, j'étais certain que cette jetée était la clef de tout. Je n'en démordais pas. Powers était passé par là, il pouvait donc y revenir. Et Fence avec lui.

« Nick... ? » marmonna Herbert d'une voix ensommeillée.

Je le croyais endormi.

« Oui, Herbert ?

— Est-ce que Strangeday Hall était vraiment si terrible ?

— Épouvantable.

— Pire qu'ici ? »

Son point de vue se défendait, il faut bien l'admettre. En nous livrant à la police, nous aurions au moins bénéficié d'une petite cellule confortable, de vêtements secs et de quoi manger. Mais cette solution présentait un inconvénient majeur : je risquais d'entrer en prison adolescent et d'en ressortir vieillard.

« Peut-être... »

J'allais dire quelque chose lorsque cela se produisit. C'était si inattendu que je crus d'abord avoir rêvé. Mais Herbert avait vu la même chose. Il agrippa mon bras. Une lumière venait de s'allumer à l'intérieur de la péniche.

Un instant plus tard, une silhouette apparut sur le pont. L'homme avait ouvert la porte de la cabine de l'intérieur. Maintenant il marchait dans notre direction, vers le portail.

« D'où vient-il ? murmurai-je.

— Il a dû arriver à la nage, dit Herbert.

— Il n'est pas mouillé.

— Un autre bateau, alors ?

— Tu as entendu quelque chose ? »

Herbert secoua la tête. Pendant ce temps, l'inconnu avait atteint la grille et l'ouvrait à l'aide d'une énorme clef. Il portait un pantalon et une chemise sombres. Il scruta la rue de haut en bas, s'assura que la voie était libre, puis revint vers la péniche.

« C'est impossible..., souffla Herbert.

— Chut ! »

Un ronronnement se fit entendre puis un camion apparut sur le quai. Ses pneus crissèrent sur le gravier. Je crus d'abord qu'il allait continuer sa route mais il stoppa, passa en marche arrière, et recula pour se poster à un mètre de la grille. C'était un de ces camions utilisés pour les déménagements. L'arrière se repliait comme un rideau métallique. Deux hommes en sortirent et se dirigèrent vers la *Pénélope*.

Le premier homme, celui en vêtements sombres, avait été rejoint par trois autres. Chacun d'eux transportait une caisse. Ils sortaient de la péniche comme s'ils y avaient passé toute la soirée, pourtant je savais que ce n'était pas le cas. Le bateau était vide lorsque nous l'avions exploré et, depuis lors, nous ne l'avions pas quitté de vue. Alors d'où sortaient ces hommes et, par la même occasion, ces caisses ?

Et ce n'était qu'un début. Les cinq hommes firent une douzaine d'allées et venues entre la *Pénélope* et le camion, chaque fois en y chargeant quelque chose. D'abord des caisses, puis un portant de manteaux, du matériel stéréo, une douzaine d'autres caisses, et enfin deux tableaux, tous deux plus grands que la cabine de la péniche d'où ils venaient de sortir.

Les hommes finirent par remplir un poids lourd de déménagement avec un bateau vide. Les deux camionneurs remontèrent dans le véhicule et partirent. Un deuxième camion vint prendre sa place. Et le même processus se répéta. Cette fois on déménagea trois tables anciennes, six caisses, deux tapis roulés, quatre statues en pied et, pour couronner le tout, un piano à queue. Mais le piano dut attendre un troisième camion pour partir. À la façon dont les choses se passaient, je n'aurais pas été étonné de voir surgir un orchestre symphonique de quatre-vingt-dix musiciens.

« C'est impossible », murmura Herbert pour la seconde fois.

Je dus admettre qu'il avait raison. C'était réellement impossible. Vous avez sûrement vu un de ces numéros de magie sur scène. Le prestidigitateur vous montre un chapeau vide, puis il en sort un lapin. Alors imaginez le même tour avec un éléphant et vous aurez une idée assez juste de la scène.

L'opération entière dura environ une demi-heure. Une fois le troisième camion parti, l'homme vêtu de sombre referma la grille et retourna à la péniche. La lumière s'éteignit et tout redevint comme avant.

Pendant un long moment ni Herbert ni moi ne prononçâmes un mot. Enfin Herbert rompit le silence.

« Nick, dit-il, comment as-tu pu manquer tout ça en explorant le bateau ?

— Manquer ? m'étranglai-je. Tu étais là aussi, je te rappelle. Le bateau était vide. Il aurait fallu être aveugle pour ne pas voir tout ça. Herbert... crois-tu vraiment que tout ce chargement se trouvait dans la péniche ? Sous le papier à cigarette ? »

Je fermai les yeux pour essayer de réfléchir. *Pénélope*... Depuis le début je lui trouvais un air louche. Maintenant je savais pourquoi. La péniche ne tanguait pas. Le matin de notre arrivée a Wapping, j'avais remarqué sa carcasse rouillée, et son immobilité totale malgré la rivière qui clapotait contre ses flancs. Comme si elle ne flottait pas vraiment.

Puis je songeai à Johnny Powers. Je l'avais suivi lorsqu'il était parti « voir Pénélope ». Maintenant je savais qui était Pénélope. Or, Johnny ne s'était pas dirigé vers le quai. Peut-être que...

« Allons-y, Herbert.

— Où ?

— Devine, répondis-je en souriant. À la station de métro de Wapping. »

16

SOUS TERRE

Les lignes de métro fermaient pendant la nuit mais, pour une fois, la chance fut de notre côté. Les portes de la station étaient ouvertes et les lumières allumées pour les services de nettoyage. Ils ne craignaient pas les cambrioleurs. Qu'aurait-on bien pu voler ? Une machine à tickets ?

Nous nous faufilâmes aussi discrètement que possible, pour le cas où un employé aurait tenté de nous arrêter. Je parvins de justesse à empêcher Herbert d'acheter un ticket et l'entraînai vers les escaliers, puis sur le quai où j'avais perdu Powers la première fois. La station était aussi silencieuse qu'une tombe. D'ailleurs, les voûtes en brique rappelaient assez les caveaux de cimetières. Il ne manquait plus qu'un cercueil de trente mètres de long pour compléter le tableau.

Je marchai avec Herbert jusqu'à l'extrémité du quai et scrutai l'obscurité du tunnel. Il n'y aurait pas de métro avant au moins cinq heures. J'en conclus qu'il n'y aurait pas non plus de courant électrique dans les rails. Si je me trompais, je risquais un sacré choc, au vrai sens du terme. Il fallait que j'aie raison. Le tunnel passait sous la Tamise. Quelque part, il devait exister un autre passage menant à...

À quoi, au fait ? Je n'avais pas la moindre idée de ce qui m'attendait à l'autre bout.

« Nick, chuchota Herbert. À mon avis, il n'y aura plus de métro cette nuit. »

Et moi qui croyais lui avoir tout expliqué !

« Herbert, nous ne prenons pas le métro.

— Alors si tu attends un bus...

— Nous allons marcher !

— Là-dessous ? »

Herbert me dévisagea, la bouche ouverte, aussi large que le tunnel.

« Ce sera facile, tu verras. »

C'est l'instant que les lumières choisirent pour s'éteindre. L'obscurité nous frappa comme un crochet du droit entre les deux yeux. Peu après, on entendit la grille de l'entrée principale se refermer en grinçant. Puis plus rien. Ni bruit. Ni lumière. Je me serais presque pincé pour m'assurer que j'étais en vie.

« Facile, as-tu dit ? gémit Herbert d'une voix tremblotante.

— Ne bouge pas... »

Par chance, je savais dans quelle position je me trouvais. Sinon, dans le noir total, j'aurais pu faire trois pas et tomber du quai. Au lieu de cela je tendis la main et trouvai le mur. Ensuite, à pas lents, j'approchai du tunnel. Je me rappelais qu'on y accédait en descendant trois marches. Mon pied trouva la première et j'arrivai en bas. Mon épaule heurta l'un des seaux d'incendie accrochés au mur, qui résonna.

« Qui est là ? couina Herbert.

— Ce n'est que moi.

— Où vas-tu ?

— À Buckingham Palace, grognai-je.

— Tu es sûr que c'est le bon chemin ? » demanda-t-il après une pause.

Mieux valait ne pas lui prêter attention. Je parvins à trouver la porte coulissante et à l'ouvrir. Ma main courut le long du mur à la recherche de l'interrupteur. Mon pouce l'effleura. La lumière s'alluma.

Herbert me rejoignit dans le débarras. La pièce était telle que je m'en souvenais : des téléphones, de la poussière, des détritus et un robinet. Mais maintenant il y avait autre chose. Quelqu'un, sans doute un employé, avait oublié une torche électrique par terre. Je la ramassai et l'allumai. Les piles étaient neuves.

« La chance est avec nous, dis-je. Allons-y avant qu'elle ne tourne.

— Attends une minute, m'arrêta Herbert en passant devant moi.

— Qu'y a-t-il ?

— J'ai soif. »

Ce qui se produisit ensuite fut la plus grosse surprise de la nuit. Plus qu'une surprise. C'était renversant. D'ailleurs Herbert me renversa en se ruant vers la sortie.

Il s'était approché du robinet. Il le tourna. Rien ne coula. Agacé, il le martela de son poing. Le robinet pivota dans le mur. Il y eut un déclic. Et puis tout à coup un pan de mur s'effaça, révélant une ouverture grossière et un escalier qui descendait. J'étais médusé. Herbert avait bondi en arrière.

« Herbert ! m'exclamai-je. Tu as trouvé !

— Oui. Mais quoi ?

— La réponse ! Voilà comment Johnny Powers s'est volatilisé le jour où je le suivais. Il n'était pas entré dans le tunnel, mais dans cette pièce.

— Un passage secret, murmura Herbert.

— Et tu l'as ouvert en tournant le robinet ! Tu es génial ! »

Herbert sourit et Tim Diamant, détective privé,

apparut l'espace d'un instant, plein d'admiration pour son propre génie.

« Tu peux te fier à moi, petit, se rengorgea-t-il. Je t'avais dit que je veillerais sur toi. »

J'allumai la torche et avançai vers le passage.

« Allons-y. »

Tim Diamant s'évapora à l'instant même.

« On ne va pas descendre là-dedans, Nick ! » gémit Herbert.

J'entrai le premier. Un système de fermeture par contact avait dû être installé dans l'escalier car, après quelques marches, la porte se referma derrière nous. Dans un sens cela me soulagea, car Herbert aurait probablement rebroussé chemin à la première occasion. Et je l'aurais sûrement suivi.

Nous continuâmes de descendre, descendre encore, guidés par le faisceau de la torche. L'escalier, déjà étroit au début, se rétrécit davantage. J'avais l'impression d'avancer à l'intérieur d'un tube de dentifrice. Plus on progressait, plus les parois se resserraient. Je les sentais me presser et je me demandais ce que nous découvririons en jaillissant à l'autre bout.

L'air devenait humide. Il me collait à la peau, s'insinuait dans mon nez. Ça sentait la rivière. Soudain une lumière filtra au loin, une curieuse lueur bleue qui se découpait sous une voûte. J'éteignis aussitôt la torche et me retournai pour avertir Herbert. Une demi-seconde trop tard. Une explosion étouffée retentit. Si violente que je crus un instant que la bombe du sac à dos avait sauté. Je tâtai mes épaules. Elles étaient toujours attachées à mes bras. Enfin je compris. C'était tout simplement Herbert qui avait éternué.

« Herbert ! soufflai-je.

— Désolé, s'excusa mon frère. Je grois que j'ai attrabé un rhube.

— Eh bien, garde-le, et en silence.

— D'accord, Nigue. »

Herbert sur les talons, j'arrivai au bas des marches et passai sous la voûte. Si l'escalier semblait avoir été creusé par un contrebandier du XIXe siècle, le couloir qui s'ouvrait maintenant devant nous était flambant neuf, avec des murs carrelés blancs et des tubes de néon fixés au plafond. Le sol était en ciment nu. Je m'apprêtais à avancer lorsqu'une porte s'ouvrit à l'extrémité du couloir. J'empoignai Herbert et le repoussai sous la voûte.

« Qu'y a-t-il, Johnny ? lança une voix.

— J'ai cru entendre quelqu'un, Ma, répondit Johnny.

— Quoi ?

— Je sais pas. Quelqu'un qui éternuait.

— Ce n'est rien, Johnny. Tu as rêvé.

— Tu crois, Ma ?

— Bien sûr, mon Johnny. Viens finir de boire ton chocolat-gin. »

La porte se referma. Je respirai. Maintenant, au moins, je savais où étaient Johnny Powers et sa mère. La porte du fond du couloir devait mener à des pièces d'habitation. Une chance que nous ne l'ayons pas ouverte, sinon c'est nous qui aurions fini en pièces.

Un second couloir partait sur la droite. Nous nous y engageâmes. Il s'étirait sur une cinquantaine de mètres. Le néon bleu jetait des ombres bleues devant nous. Ce souterrain était un endroit bizarre, qui tenait à la fois d'un hôpital et de la station de métro sous laquelle il se trouvait. Bien entendu il n'y avait aucune fenêtre. On entendait un vague ronronnement, sans doute le système de ventilation. Jusqu'où s'enfonçait ce complexe souterrain ? Et à quel point était-il complexe ? Impossible à dire.

Impossible aussi de décrire ce que nous venions de découvrir au bout du couloir. La galerie n'était pas seulement grande. En réalité, elle était plus grande que j'aurais pu l'imaginer dans mes rêves les plus fous et, je peux vous l'avouer maintenant, mes rêves ont toujours été plutôt dingos.

Le carrelage blanc s'était arrêté. Fini l'hôpital. Finie la station de métro. Nous contemplions un musée ahurissant, une vaste salle avec des arcades sur les côtés et des piliers de style classique supportant un plafond arrondi en brique. Une sorte de caverne d'Ali Baba, un fabuleux entrepôt. Sans doute le dépôt central, la réserve où Fence conservait son butin.

Des tableaux couvraient les murs, certains accrochés, d'autres simplement posés contre les briques. Je ne suis pas un mordu de peinture, mais je reconnus deux Rembrandt et un Picasso parmi les premières toiles. Des statues antiques étaient entassées en vrac, des lustres suspendus aux arcades. Des masques orientaux et des mosaïques apparaissaient entre les piliers. Des coffres de bois plein débordaient de joyaux d'or et d'argent. Nous passâmes devant une montagne de magnétoscopes et de matériel hi-fi. Il y avait assez de manteaux de fourrure pour anéantir une génération entière de visons, assez d'argenterie pour équiper une chaîne d'hôtels. Vous auriez dévalisé toutes les maisons de Londres, tous les magasins, tous les musées, que vous n'auriez pu réunir la moitié des trésors qui s'étalaient sous nos yeux.

Nous avions découvert ce que nous cherchions. En ce qui me concernait, j'avais atteint mon but. À présent nous pouvions alerter la police et leur livrer ce qu'ils désiraient tant : Fence, Powers et le butin de tous les cambriolages des deux dernières années. Il nous restait seulement à sortir de là. C'était aussi simple que cela.

Mais, bien entendu, rien dans ma vie n'a jamais été simple. Et c'est lorsque les choses paraissent le plus faciles que les problèmes surgissent.

Mes problèmes surgirent avec Herbert. Nous avions traversé à peu près la moitié de la caverne lorsqu'il poussa un curieux cri étranglé et se mit à courir. Je crus qu'il allait à nouveau éternuer mais il saisit un objet sur une table et le leva vers la lumière. C'était un vase, d'environ trente centimètres de hauteur, bleu vif, avec une sorte d'oiseau peint sur le flanc.

« Je l'ai troubé ! murmura Herbert d'une voix tremblante. Je l'ai braiment troubé !

— Trouvé quoi ?

— Le berroquet violet, répondit Herbert en essayant de libérer son nez enrhumé. Le berroquet...

— Le perroquet ?

— Souviens-toi, le vase Ming ! »

C'était donc ça. Le vase Ming dérobé au British Museum avait fini entre les mains de Fence, et il attendait ici le moment d'être revendu. Je ne savais plus quoi dire. Herbert souriait comme un gamin devant un jouet neuf. Pour la première fois de sa carrière, il avait mené à bien une enquête. Mais l'heure n'était pas aux congratulations.

« Haut les mains ! » cria une voix.

Je fis volte-face. Nails Nathan se dressait là, dans la lumière bleutée des néons qui faisait ressembler son visage couvert d'acné à une face de lune. Pourtant ce fut sa main, et non son visage, qui retint surtout mon attention. Car sa main tenait un revolver, et le revolver était braqué sur moi.

« Écoute, Nails, murmurai-je en levant les bras. On pourrait peut-être s'arranger.

— Non, Simple. Pas d'arrangement. Tu es cuit. »

Il avait raison. J'étais cuit comme un rôti et Herbert allait servir de légume d'accompagnement. Tout ça était sa faute. Johnny Powers avait entendu quelqu'un éternuer. Malgré les paroles apaisantes de sa mère, il n'avait voulu courir aucun risque et envoyé Nails en éclaireur. Herbert, à cause de son vase ébréché, l'avait gentiment guidé jusqu'à nous.

Je jetai un regard furtif autour de moi, dans l'espoir de trouver un tisonnier en argent ou n'importe quel objet qui pourrait me servir d'arme. Mais je ne vis rien. De toute façon, Nails me tenait à sa merci. Il m'aurait troué la peau avant que j'aie le temps de battre des cils. Il lui restait à appeler Johnny et tout serait bientôt fini pour nous.

Herbert éternua pour la seconde fois. Si fort et si subitement que Nails se retourna impulsivement. Je bondis sur lui. D'une main je le saisis à la gorge, de l'autre j'agrippai le revolver. Nous restâmes dans cette posture quelques secondes, comme deux danseurs fous en train de danser le tango. Il essayait de crier mais ma main l'étranglait et aucun son ne sortit de sa gorge. Je le fis pivoter avec moi. Maintenant j'étais face à Herbert qui n'avait pas bougé et serrait son précieux vase contre lui.

« Frappe-le Herbert ! » soufflai-je.

Nails était plus grand que moi et il commençait à échapper à ma prise. Il ne me restait que quelques secondes. Le revolver oscillait entre nous deux, Nails s'efforçant de le braquer sur moi. Je poussai de toutes mes forces et le canon se releva.

« Frappe-le ! répétai-je. Frappe avec le vase. »

Herbert avança et, tenant le vase à deux mains, il le leva au-dessus de la tête de Nails. J'attendis de le voir éclater en mille morceaux. Mais Herbert ne tenta rien. Ses mains tremblaient. La lutte qu'il menait contre lui-même se lisait sur son visage torturé.

« Je ne peux pas, gémit-il. Je ne peux pas, Nigue. »

Le coup partit. La balle passa si près de ma tête que je sentis une chaleur sur ma joue. Elle m'avait manqué de quelques millimètres et était allée briser un miroir accroché sur un mur derrière moi. La détonation fut assourdissante. L'entrepôt souterrain fit l'effet d'une caisse de résonance et le coup de feu dut s'entendre jusqu'à l'estuaire. Cette fois il n'y avait plus d'espoir, je le savais. L'écho de la détonation résonnant encore dans ma tête, j'entendis des portes s'ouvrir, des pas courir dans les couloirs, des cris. Nails m'échappa et braqua à nouveau le revolver sur moi. Je ne bougeai pas. Une douzaine d'autres armes me tenaient en joue.

Il en venait de partout. Des hommes que je n'avais jamais vus auparavant, ou bien seulement entraperçus dans l'obscurité du quai. Tous étaient habillés. Sans doute dormaient-ils avec leurs vêtements. Ou bien ils ne dormaient jamais. En tout cas, ils me cernaient. Nails se massa la gorge. Il y avait une lueur meurtrière dans son regard. Inutile de demander qui il souhaitait assassiner.

« Je suis désolé, Nigue, pleurnicha Herbert. Je ne pouvais pas... pas le berroquet biolet.

— Bravo, Herbert. Ils s'en serviront peut-être comme urne pour mettre tes cendres. »

Ce n'était pas très gentil de ma part, mais je ne me sentais pas d'humeur gentille. Herbert regarda dans le fond du vase avant de le reposer sur la table. Le cercle que formaient les truands se rompit. Johnny Powers et sa mère parurent. Tous deux étaient vêtus d'un peignoir. Ma Powers avait des bigoudis dans les cheveux. J'avais presque envie de rire mais je me contrôlai, de crainte que ce ne soit ma dernière action sur cette Terre.

« Alors tu m'as retrouvé ! ricana Powers. Espèce de traître, rat pourri et puant.

— Tu m'avais laissé, Johnny, dis-je à voix basse.

— Sûr que je t'avais laissé. Je te croyais mon ami.

Et pendant tout ce temps tu travaillais pour les flics ! »

Powers tremblait de fureur. Il était livide. La folie luisait dans ses yeux.

« Je déteste les flics, reprit-il. Si je m'écoutais, je te tuerais tout de suite. Mais je vais prendre mon temps.

— Pourquoi ? s'étonna Ma Powers, avec son bon cœur de mère.

— Parce que Fence veut le voir, répondit Johnny avant de se tourner vers Nails. Ça va, toi ?

— Ça va, Johnny, répondit Nails qui n'avait pas du tout l'air en forme. » Sa voix semblait être restée collée au fond de sa gorge. « Je les ai trouvés avec le vase.

— Le vase ? Ah..., répondit Powers sans manifester d'intérêt. Je veux qu'on les ligote et qu'on les enferme. Fence sera là demain. On les liquidera à ce moment-là. »

Nails leva la main et quatre truands avancèrent vers nous. Je n'essayai même pas de me débattre. Ils nous poussèrent jusqu'au bout de la galerie, qui se terminait par un étroit corridor, lequel longeait un groupe de machines : le système de ventilation et le générateur électrique. De l'autre côté j'aperçus un portail en fer, avec un espace vide derrière. Le genre de grille que l'on peut voir dans les garages souterrains. Nous nous arrêtâmes devant une porte. Nails l'ouvrit et l'on nous poussa à l'intérieur d'une petite pièce.

L'un des hommes sortit une corde. Cinq minutes plus tard, nous étions ficelés comme des saucissons. Chevilles, genoux, poignets, bras... Nails n'oublia rien. Ils nous avaient assis contre le mur, dans une position que nous risquions de garder un bon moment.

Les hommes partirent et Johnny Powers entra. Il souriait d'un air satisfait.

« Johnny... »

J'avais l'intention de lui rappeler le temps passé ensemble à Strangeday Hall, comment nous étions devenus amis, comment je lui avais sauvé la vie. Mais cela n'aurait pas suffi à briser la glace. Car ce type avait de la glace dans le sang.

« Épargne ton souffle, Simple, me coupa-t-il. Tu en auras besoin quand Fence sera là.

— Qui est Fence ? » demandai-je.

Cela ne me servirait à rien mais j'étais curieux.

« Tu le découvriras bien assez tôt, grimaça Powers.

— Dis donc, c'est une belle installation que vous avez là, remarquai-je.

— En ce moment, tu es assis à une centaine de mètres sous la Tamise, m'expliqua-t-il. La rivière est juste au-dessus.

— C'est Fence qui a construit ça ?

— Non. Un certain Brunel, il y a environ cent ans. Personne ne le savait sauf Fence. En réalité, il y avait deux tunnels. Celui-ci est le premier. Mais il y a eu des problèmes de construction. Une histoire de roche calcaire. Alors Brunel en a creusé un autre un peu plus haut. Fence a découvert l'ancien et l'a aménagé. Mais je suis en train de perdre mon temps, ajouta Powers avec un rictus. Tu apprendras tout ça demain avec Fence. »

Powers se pencha et me saisit le menton d'une main de fer. Ses doigts s'incrustèrent dans ma chair.

« Fence va bien s'occuper de toi, mon mignon, reprit-il avec un petit rire nerveux et haut perché. Mais il me laissera peut-être m'amuser aussi. Je vais te faire regretter de m'avoir rencontré, Simple. Quand j'en aurai fini avec toi, tu regretteras même d'être né.

— Autant que toi ? rétorquai-je. Toi, tu n'es pas né comme un enfant, Powers. Tu es sorti d'une coquille. »

J'aurais mieux fait de ravaler ma boutade. Le poing de Powers s'abattit sur ma bouche pour me la faire rentrer de force au fond de ma gorge.

« Je vais te réduire en bouillie, Simple, promit-il. Personne ne résiste à Johnny Powers. »

Il tourna les talons et quitta la pièce à grands pas. La porte claqua derrière lui. Une clef cliqueta dans la serrure, deux verrous grincèrent, puis le silence retomba.

J'avais la tête qui sonnait et je sentais déjà l'hématome enfler là où Powers m'avait frappé. Mais il avait fallu que je le mette en colère pour détourner son attention. Car un détail lui avait échappé.

On m'avait arraché le sac à dos des épaules pour le jeter dans un coin de la pièce. Personne n'avait songé à l'examiner et il était toujours là.

Avec la bombe à l'intérieur.

17

SOUS L'EAU

La dernière fois que l'on m'avait ligoté dans une pièce fermée, c'était en compagnie de l'assistante d'un prestidigitateur, spécialiste de l'évasion : Lauren Barcardi. Nous avions passé un moment ensemble et elle m'avait enseigné un ou deux trucs du métier. Je ne prétends pas avoir le talent d'un Houdini, mais je connaissais quelques ficelles. Par exemple, lorsque Nails et ses comparses m'attachèrent, je pris soin de bander mes muscles au maximum. Après leur départ, je les relâchai. C'était peu de chose, mais cela donnait du jeu.

Ce n'était pas tout. J'avais fini par sécher plus ou moins après mon bain dans la Tamise, mais il m'était resté sur la peau une pellicule de pétrole, ou d'huile de bateau. Comme je vous l'ai dit, la rivière était très polluée. Cette fois, ça m'arrangeait assez. La pellicule graisseuse qui me couvrait la peau la rendait glissante, et me permettait de bouger plus facilement dans mes liens. Plus facile, mais pas si facile que ça. Il allait me falloir du temps.

Herbert ne disait rien. Cela me convenait parfaitement. Je lui en voulais toujours de nous avoir mis dans ce pétrin, lui, ses éternuements et son précieux vase.

Pourtant il me faisait pitié. Il avait la mine aussi désespérée qu'une dinde la veille de Noël.

« Ne t'inquiète pas, Herbert, lui dis-je. Nous allons bientôt sortir d'ici. »

Je me tortillai et sentis une des cordes glisser de mon poignet. Il ne me restait plus qu'à libérer ma main sans me disloquer le pouce.

« Comment ? soupira Herbert en me regardant gigoter. Même sans nos liens, il y a la porte. Fermée à double tour, verrouillée. Sans parler de l'armée de truands qui nous attend de l'autre côté. C'est inutile. C'est sans espoir. C'est la fin.

— Voilà des paroles agréables à entendre. Toujours optimiste, Herbert. »

Néanmoins je dois admettre que tout semblait lui donner raison. Quinze minutes de lutte contre mes liens, et la seule chose libre de ses mouvements était encore le nez d'Herbert qui ne cessait de couler et d'éternuer.

Mais je m'acharnai. Je n'avais pas le choix. Herbert finit par somnoler, pelotonné contre le mur. Le temps s'écoula. Combien, je ne sais pas. Il n'y avait ni pendule, ni fenêtre, juste une ampoule nue brûlant dans la nuit. Il était peut-être une heure. Peut-être plus. Au moment où j'allais abandonner mes efforts, ma main gauche se libéra. J'avais la peau à vif et plus d'hématomes qu'une pêche sur l'étal d'un marchand à la sauvette, mais mes doigts pouvaient bouger. J'étais sur la bonne voie.

Ensuite les choses allèrent beaucoup plus vite. Je libérai ma jambe gauche, puis la droite. Lorsque enfin je pus me lever, j'avais l'impression de sortir d'une essoreuse. Mais j'avais réussi. Ou presque. Il me restait seulement la porte fermée à clef et verrouillée, et l'armée de truands.

J'examinai la pièce. Elle était longue, étroite, et de la même taille environ que ma cellule de Strangeday Hall. J'aperçus une seconde porte, de l'autre côté, que j'avais d'abord prise pour celle d'un placard. En l'ouvrant, je découvris qu'elle donnait sur un petit couloir de quelques mètres, parallèle à la pièce, qui aboutissait à un autre mur. Il n'y avait aucune issue possible par là, mais cela me donna une idée. Je savais ce que j'allais faire.

Je réveillai Herbert et entrepris de le délivrer de ses liens tout en lui exposant mon plan.

« Tu as berdu l'esbrit ! s'exclama-t-il, plus enrhumé que jamais. Rattache-moi. Je vais attendre Fence. »

J'avais du mal à comprendre ce qu'il me disait, mais je n'aimais pas l'intonation de sa voix.

« Non, Herbert, répondis-je. Quelle que soit l'identité de Fence, c'est la dernière personne que j'ai envie de rencontrer. Lui ou elle, ajoutai-je en me souvenant du flou des paroles de Powers.

— Bainigue...

— Bainigue ?

— Non, bais Nigue !

— Pas de discussion, Herbert. Une fois la porte ouverte, il faudra agir vite. Et nous devrons remonter là-haut, dis-je en agitant mon pouce vers le plafond.

— Balade...

— Non, ce ne sera pas une balade.

— Pas une balade ! Tu es balade, tu es fou. »

Cette fois Herbert était détaché. Je l'aidai à se mettre debout et le laissai se masser les poignets, les chevilles, et se moucher le nez. Choses que, je ne sais comment, il réussit à faire simultanément. Pendant ce temps, j'allai récupérer le sac à dos et l'ouvris. Herbert se figea en apercevant la bombe. J'ignore ce qui l'étonnait le plus : mon plan, ou bien le fait d'avoir transporté la dynamite toute la journée.

La main de Mickey Mouse touchait le chiffre onze sur le cadran du réveil. Je la reculai légèrement, puis saisis le bouton de contact. Il me fallut du temps pour le pousser, croyez-moi. Comment être sûr que la bombe n'allait pas sauter à l'instant même ? Mais la seule explosion fut un nouvel éternuement d'Herbert. Il avait le chic pour choisir son moment. Je transportai la bombe contre la porte et la laissai là.

« Tu es fou, répéta Herbert.

— C'est la seule sortie. Le souffle va éventrer la porte, mais les murs sont solides, rassure-toi. Il ne devrait pas y avoir d'autres dégâts.

— Et nous ?

— Nous allons entrer là. »

« Là », c'était le couloir. Je jetai un dernier coup d'œil à la bombe. J'espérai ne pas être en train de commettre une erreur irréparable. Selon Johnny Powers, nous nous trouvions sous la Tamise. Si le toit s'effondrait, il serait intéressant de savoir si nous serions écrasés avant d'être noyés, ou bien l'inverse. De toute façon, c'était encore préférable à périr sous les balles ou la torture dès l'arrivée de Fence. En outre, j'étais sûr de mon coup. La force de l'explosion se dirigerait vers l'extérieur. Elle soufflerait la porte et peut-être quelques miroirs. Herbert et moi profiterions de la confusion pour nous enfuir. Plus j'y réfléchissais, plus mon plan me plaisait. Mais je préférai quand même ne pas trop y réfléchir.

J'entraînai Herbert dans le fond du couloir et nous nous assîmes contre le mur pour attendre. C'était le pire. Je croyais nous avoir donné deux minutes de battement. Elles me parurent deux heures.

« Herbert... », commençai-je.

Je voulais lui dire quel grand frère merveilleux il avait été, et combien je l'admirais. Ce n'était pas vrai mais je pensais que c'était ce qu'il avait envie d'entendre. Or, Herbert ne pouvait rien entendre. Il tenait ses doigts enfoncés dans ses oreilles, si loin qu'ils devaient se rejoindre au milieu. Ses yeux étaient fermés.

« Bon, murmurai-je. Alors écoute ça... »

Le bruit fut assourdissant. Pas seulement fort. Il me déchira presque les tympans. Un nuage de poussière s'engouffra dans notre couloir. Un nuage sans fin. Les lumières tremblotèrent, s'éteignirent, puis recommencèrent à luire faiblement. L'écho de l'explosion s'estompa peu à peu. J'entendis alors des bruits d'éboulis et, pire que tout, des bruits d'eau. De la poussière dans les yeux et jusque dans le fond de la gorge, je me relevai et regardai Herbert. Le souffle de l'explosion avait déchiré sa chemise en deux. À moins qu'il ne l'eût déchirée lui-même. Le tissu pendait sur lui comme des rideaux en lambeaux. Il était hirsute. Et je ne parle pas seulement de ses cheveux, mais aussi des poils de son torse.

« Allons-y ! » criai-je.

Mon cri sonna comme un croassement étouffé.

Le silence n'était désormais plus indispensable. Au loin, des gens vociféraient. Plus près de nous, le système d'aération semblait s'être emballé. On entendait les dents et les pales des ventilateurs grincer et hurler. Les lumières clignotèrent à nouveau. Je titubai dans le couloir pour regagner notre geôle. Du moins ce qu'il en restait. Car la bombe n'avait pas seulement déchiqueté la porte, elle avait démoli le mur tout entier. Je levai les yeux. Une vilaine fissure zigzaguait sur le plafond. De l'eau filtrait au travers comme un voile mince et inondait le sol de ciment craquelé. La fuite s'élargit et s'intensifia alors même que je l'observais. Une brique se détacha et manqua de peu Herbert. J'agrippai mon frère et fonçai droit devant moi. Dehors, c'était le chaos que j'avais espéré. Il était difficile de distinguer où s'arrêtait la poussière et où commençait la fumée. Mais l'effet était le même. On ne voyait pas le bout de ses pieds. Certaines machines avaient pris feu. Des étincelles jaillissaient des tourbillons de fumée. Le système de ventilation vibra, hoqueta, puis se tut. D'autres courts-circuits provoquèrent des foyers d'étincelles semblables à des feux d'artifice miniatures. Une flamme rouge s'éleva. Derrière nous, l'eau coulait de plus en plus fort, et elle vint même nous lécher les talons lorsque nous nous arrêtâmes, hésitants sur le chemin à suivre. L'eau derrière, le feu devant, la fumée partout. Mickey Mouse avait rugi comme un lion.

J'avais en tête l'endroit précis où je voulais aller, et autant profiter que j'avais encore une tête pour m'y rendre. Je comptais franchir la grille qui ressemblait à une porte de garage. Elle se trouvait droit devant nous. Mais avant que j'aie pu l'arrêter, Herbert avait déjà lâché ma main et tourné à droite en courant. La fumée l'absorba.

« Herbert !

— Le perroquet violet ! cria-t-il en réponse. Je ne peux pas le laisser ! »

Incroyable. Je nous avais sortis de notre cellule, nous pouvions encore regagner la surface, l'enfer se déchaînait, et Herbert courait après son vase Ming ébréché ! Un instant je fus tenté de l'abandonner à son sort, mais j'en fus incapable. Il était mon frère, je devais veiller sur lui. Mais si quelqu'un ne le tuait pas avant, c'était moi qui le ferais dès que nous serions sortis de ce pétrin. Je plongeai derrière lui dans la fumée. Un point positif cependant : l'explosion lui avait guéri son rhume.

La fumée formait un rideau épais. Au bout de quelques mètres elle se déchira brusquement et je me retrouvai dans la galerie principale. Les choses n'allaient pas si mal, de ce côté. La bombe avait brisé d'inestimables porcelaines fines et des verreries, l'eau commençait à ramper vers les tapis persans et les tapisseries, mais la caverne tenait debout et l'éclairage fonctionnait encore.

Je venais juste d'apercevoir Herbert disparaître derrière un pilier, lorsque quelqu'un surgit, armé d'une mitraillette. C'était Nails Nathan. Il pivota et je plongeai sur le côté. J'atterris la tête la première dans une harpe qui s'écroula dans un fracas discordant. Le bruit fut accompagné du sifflement des balles qui manquèrent mon crâne de quelques centimètres. Un autoportrait de Rembrandt, accroché au mur derrière moi, me regarda d'un air triste en se voyant affligé d'une vingtaine d'yeux supplémentaires. Nails s'élança. Tête baissée, je me mis à ramper à la recherche d'une arme quelconque, d'une cachette, ou, mieux encore, des deux.

« Trouve-le ! Tue-le ! Tue-les tous les deux ! »

C'était Johnny Powers. Il venait d'entrer en scène, et il n'était pas heureux. Il avait la voix hystérique d'un enfant qui vient de perdre ses parents dans la cohue. Visiblement le système de ventilation n'était pas la seule chose à avoir craqué. La folie furieuse était reconnaissable. Je la reconnus.

Nails Nathan arrivait sur moi lorsque je trouvai enfin ce que je cherchais. L'objet devait provenir d'un casse dans un magasin d'antiquités. C'était une arbalète médiévale complète, avec son carreau. J'avais espéré un autre genre d'arme mais celle-ci ferait l'affaire. Il y avait une sorte de chien, avec un levier pour l'armer. Je le tirai en arrière puis chargeai le carreau. Nails approchait prudemment, maintenant. Je m'agenouillai derrière une table en marbre en attendant de le voir dans ma ligne de mire. Et tout à coup je le vis, là, devant moi. Il pointa le canon de sa mitraillette. Je pressai la détente. L'arbalète sursauta. Nails Nathan aussi. Le carreau le frappa en pleine poitrine. Il chavira en arrière et tira en même temps. Mais son arme était maintenant pointée au plafond. Un lustre explosa. Ses pendeloques en cristal ricochèrent sur les murs. Nails s'effondra et ne bougea plus. Désormais son acné ne l'embêterait plus. J'abaissai l'arbalète.

Cependant l'heure n'était pas à l'autosatisfaction. Johnny Powers approchait. Sa mère l'avait rejoint.

« Fais attention à toi, mon Johnny, dit-elle.

— T'en fais pas, Ma, répondit Johnny. Je vais trouver ce sale petit mouchard de... »

Le reste de sa phrase était incohérent. Je plongeai derrière les piliers et traversai la galerie en courant. J'aperçus Johnny. Il s'était habillé et muni d'un revolver. Six hommes l'accompagnaient déployés en ligne pour inspecter les lieux. Les autres étaient partis s'occuper de l'incendie. Ma Powers marchait en retrait, toujours en peignoir et bigoudis.

Par chance je découvris Herbert avant eux. Il était en train de contempler le perroquet violet comme un acheteur dans un magasin chic. Incroyable. Ne comprenait-il donc pas que nous étions bloqués dans un souterrain, avec une bande de voyous très méchants prêts à nous abattre ? Il y a des jours où je trouve qu'Herbert est à sa manière aussi fou que Johnny Powers. Et c'était un de ces jours-là.

« Herbert ! soufflai-je à voix basse. Tu es certain de n'avoir rien oublié d'autre ?

— Sûr Nick » répondit-il en serrant le vase contre lui.

Herbert souriait. Ce vase représentait tant pour lui.

« Alors cela ne t'ennuie pas si nous partons ?

— Vous n'allez partir nulle part ! »

Johnny Powers se tenait à quelques pas de nous. Il ne m'avait pas vu, mais il avait repéré Herbert, et maintenant il nous tenait tous les deux. Les six hommes armés nous entourèrent en demi-cercle. On aurait dit un peloton d'exécution. D'ailleurs *c'était* un peloton d'exécution.

« Tu es cuit, Simple, ricana Powers, le visage tordu par la haine. J'aurais dû te flinguer tout de suite. Mais cette fois je ne vais plus commettre d'erreur. Je vais te liquider maintenant. Et avec un grand plaisir. »

Il leva son arme.

Je savais que c'était la fin, pourtant j'avais encore du mal à la croire si rapide. Et puis je m'étais attendu à une autre mort.

Il y eut un coup de feu. Mais il ne venait pas du revolver de Johnny. Il avait été tiré du bout du couloir. Le revolver de Johnny tomba de sa main. Les six hommes firent volte-face. Mes yeux aussi.

L'inspecteur chef Snape, de Scotland Yard, se tenait dans la galerie. Il était vivant, armé, et escorté d'une vingtaine de policiers en uniforme.

« Terminé, Powers, dit Snape. Avance, les mains en l'air. La place est cernée. Tu n'as aucune chance. »

C'est à ce moment que le toit s'effondra.

Cela devait se produire tôt ou tard, je suppose. Powers avait mentionné un problème lors de la construction du tunnel, reconverti ensuite par Fence en quartier général. Une histoire de terrain calcaire. Mais quelle qu'en fût la cause, une infime fissure n'attendait qu'un prétexte pour se transformer en gouffre béant, et l'explosion avait été ce prétexte. Un tremblement secoua toutes les installations, puis une tonne de briques et de blocs de pierre tomba sur Powers et l'ensevelit. Je n'eus pas le temps de voir ce qui arriva à ses six complices, car une seconde plus tard la Tamise s'engouffrait par la brèche.

Si je ne m'étais pas trouvé sur le côté, j'aurais sans

aucun doute été tué sur le coup. Je fus seulement violemment propulsé en arrière. Ma dernière vision fut celle d'Herbert, accroché à son perroquet violet. Après cela, je fus balayé, happé par un torrent d'eau écumante. Quelqu'un poussa un cri. Un autre pan du plafond s'écroula. Un pilier vacilla et s'abattit sur un piano à queue qu'il réduisit en miettes. Des téléviseurs et des magnétoscopes dévalèrent à toute vitesse, emportés par le courant. Tout tourbillonnait. L'eau grondait dans mes oreilles. J'allais me noyer. Cette fois c'était vraiment la fin. Retour à l'expéditeur. Et je comptais bien lui demander ce qui m'avait valu tant d'épreuves.

Mais alors une main m'empoigna et me souleva. C'était Snape. Il avait formé une chaîne humaine avec les autres policiers, à partir de la grille en fer par laquelle ils étaient arrivés. Le premier choc passé, le flot s'apaisa, puis s'arrêta. Le niveau de l'eau atteignait environ un mètre quatre-vingts. Le *Titanic* devait à peu près ressembler à ça, avec toutes ces fourrures et ces joyaux flottant dans l'eau glacée. Et les corps. Johnny Powers dériva, la face dans l'eau.

Un autre pilier se fendit en deux, incapable de résister à la pression. D'autres gravats dégringolèrent.

« Herbert ! » criai-je.

Car mon frère était là, en train de nager dans ma

direction, en se servant d'une seule main. Je n'arrivais pas à y croire. Non seulement il était vivant, mais il n'avait pas lâché son vase Ming. En dépit de tout, de l'explosion, des éboulis, de l'inondation, le vase était intact.

« Par ici, mon garçon ! » lança Snape.

J'agrippai Herbert, et les policiers nous tirèrent dans l'eau jusqu'à la grille. Mais le danger n'était pas écarté. Encore quelques secondes et la galerie entière s'effondrerait. Déjà l'une des parois se gonflait sous la poussée d'une seconde vague. Les incendies avaient été neutralisés mais la fumée continuait d'ondoyer à la surface de l'eau jonchée de détritus.

Trop épuisé pour tenter quoi que ce soit pour moi-même, je laissai Snape me hisser hors de l'eau. Je n'arrivais toujours pas à croire qu'il fût en vie. Ni à comprendre comment il m'avait retrouvé. Mais les explications pouvaient attendre. Deux autres policiers s'occupèrent de moi et me déposèrent bientôt sur un sol sec. Herbert me rejoignit. Il n'avait toujours pas lâché son perroquet violet.

Nous étions affalés sur une sorte de plate-forme en bois, sans doute surélevée car le niveau de l'eau arrivait trente centimètres au-dessous. La plate-forme se trouvait derrière la grille en fer que Snape venait de refermer. Les vingt policiers, Herbert, Snape et moi-même étions dessus, et il restait encore de la place. Un boîtier avec deux boutons était fixé au mur. Un rouge et un vert.

« J'espère que ça marche », grommela Snape.

Il pressa le bouton vert.

À cet instant retentit le grondement d'un second déluge qui dévalait vers nous. Mais la plate-forme s'anima et s'éleva dans l'obscurité. Pendant trente secondes je ne vis rien du tout, mais je vous assure que je sentis mon estomac chavirer. Et puis je vis clair. Bien sûr ! La grille m'avait fait penser à un box de garage souterrain : or, cette plate-forme était tout simplement un gigantesque monte-charge.

Enfin apparut la lueur blafarde du petit matin et je regardai autour de moi en clignant des yeux. J'en aurais presque éclaté de rire. Le monte-charge nous avait hissés jusqu'à la surface à l'intérieur d'une sorte de cheminée. Maintenant je savais où nous avions débouché. J'aurais dû m'en douter depuis le début.

Nous étions à l'intérieur de la *Pénélope*.

« D'accord, Snape, dis-je. Videz votre sac. Comment êtes-vous encore en vie ? Comment m'avez-vous retrouvé ? Racontez-moi tout ce qui s'est passé. »

J'étais assis sur un banc au bord de la rivière, enveloppé dans une couverture, un gobelet de thé à la main, le perroquet violet dans un carton, à côté de moi. Il était huit heures du matin et, pour une fois, le quartier de Wapping débordait d'activité. Il y avait des cars de police dans tous les coins. Une cantine mobile avait été installée pour distribuer des sandwichs au jambon et du thé. Il y avait également deux ambulances. Herbert se remettait du choc dans l'une d'elles. Moi je me sentais assez bien.

Les berges de la Tamise grouillaient d'officiels armés de filets, qui ressemblaient plus à des pêcheurs qu'à des policiers. Depuis une heure, toutes sortes de trésors remontaient à la surface, et ils étaient immédiatement happés et emportés pour identification. Il n'y avait d'ailleurs pas seulement des objets pour tomber dans les mailles des filets de la police. On avait déjà capturé sept membres de la bande, qui tentaient de s'échapper par l'escalier menant à la station de métro. Ma Powers avait émergé la dernière, livide, le regard vague. À sa sortie de prison, elle aurait l'âge d'être arrière-grand-mère. Curieusement, elle me fit un peu pitié. Après tout, elle avait surtout cherché à protéger son fils, et c'était plus que ce que ma propre mère avait jamais fait pour moi.

Seul le chef avait échappé : Fence. Et c'était bien le plus grave. Il ne se trouvait pas dans le souterrain au bon moment, et il y avait peu de chances maintenant qu'il montre son nez. Un cordon de police barrait l'accès des lieux et repoussait des nuées de journalistes et de caméras derrière des barrières. La police fluviale patrouillait sur la rivière et des hélicoptères bourdonnaient au-dessus de nos têtes. Toute la ville connaissait la nouvelle, grâce au bulletin d'informations télévisées du matin. À cette heure, Fence volait probablement vers Rio.

« Par où veux-tu que je commence ? demanda Snape.

— Par la machination que vous avez montée contre moi, par exemple », grommelai-je.

Snape m'avait sauvé la vie quelques minutes auparavant, mais ça ne soldait pas notre compte. Sans lui je serais resté dans mon école, tranquille et heureux. Du moins aussi heureux qu'on peut l'être dans un taudis comme le mien.

L'inspecteur Snape ne feignit même pas de s'excuser.

« Il fallait bien que je te tende un piège, sinon tu n'aurais pas joué le jeu, répondit-il simplement.

— Mais c'est un crime !

— Non, c'est un travail de police. Mais ne t'inquiète pas, mon garçon. Toutes les charges retenues contre toi vont tomber. Et puis j'ai fait de mon mieux pour te protéger. Je n'étais jamais bien loin de toi.

— Par quel miracle avez-vous surgi ici ? » marmonnai-je en sirotant mon thé.

Il était chaud et sucré. Je n'aurais pu choisir de meilleurs adjectifs pour décrire Snape.

« On t'avait mis un micro, expliqua Snape. Je te suivais sur le radar à chaque minute de la journée.

— Un micro ? Mais où ?

— Dans tes chaussures. Tes chaussures de prisonnier. Chaque talon est équipé d'un émetteur puissant.

— Alors... l'autre nuit, sur les rails de la gare de Clapham, c'est vous qui m'avez délivré ?

— Exact, acquiesça Snape. J'ai assisté à ton enlèvement par la bande du Grand Ed. Nous t'avons suivi. Quand ils t'ont abandonné sur la voie, je suis venu à ton secours.

— Merci de rien.

— Même chose la nuit dernière, poursuivit Snape. Nous t'avons localisé sous la rivière et j'ai supposé que tu avais découvert Fence. Alors nous sommes descendus te chercher.

— Vous avez pris votre temps.

— Nous attendions Fence.

— Je vois. Eh bien, on dirait que c'est le seul à avoir filé.

— Ne t'inquiète pas, mon garçon. Son organisation est anéantie. Et l'un de ses complices va parler, tu verras. Nous l'attraperons bientôt.

— Tant mieux. Au moins vous n'aurez plus besoin de mon aide », dis-je en terminant mon thé.

C'était ma première boisson chaude depuis trente-six heures. « Au fait, et vous, comment en avez-vous réchappé ? Je vous ai vu... dans la voiture. »

Snape fit une pause, la mine grave tout à coup.

« Il s'en est fallu de peu, admit-il. Nous ne nous attendions pas à ce que Powers s'évade de Strangeday Hall. Alors quand nous avons appris qu'il avait filé avec toi, nous sommes venus voir si nous pouvions faire quelque chose. Ensuite, quand nous avons percuté la cabine téléphonique... »

Snape s'interrompit pour respirer.

« Et alors ?

— J'ai eu de la chance, reprit-il. Je me trouvais sur le siège arrière. La portière s'est ouverte et j'ai été éjecté juste avant l'explosion. Le conducteur a aussi réussi à sortir. Puis nous sommes revenus chercher Boyle.

— Il est mort ?

— Non, à l'hôpital. Brûlé au troisième degré.

— Vous me brisez le cœur, inspecteur. Je vais lui envoyer des fleurs.

— C'est gentil de ta part.

— Oui. Je vais lui faire porter des pissenlits. »

J'étais peut-être un peu dur. Mais comprenez-moi. On m'avait tendu un piège, jugé et jeté en prison, menacé, pourchassé, mitraillé, kidnappé, cogné, attaché sur des rails de chemin de fer, presque dynamité, à nouveau menacé et ligoté, à moitié noyé, et tout ça pour deux policiers qui n'avaient même pas pu arrêter leur coupable. On ne m'avait pas laissé le choix. Et qu'allais-je récolter de toute cette affaire, sinon des devoirs de rattrapage, à mon retour à l'école ?

« Tu ne t'en tireras pas si mal, m'assura Snape. Les compagnies d'assurances vont distribuer une indemnité pour toutes les marchandises retrouvées. Et la police te récompensera.

— Non, merci. J'ai suffisamment entendu parler de la police britannique, rétorquai-je. Elle est réputée comme la meilleure du monde : eh bien, je me demande comment opère le K.G.B. ! »

Ensuite nous restâmes silencieux, à observer l'activité qui se déployait tout autour de nous. Je bâillai. J'étais mort de fatigue. Tout ce dont je rêvais, c'était un lit. Même une niche de chien m'aurait convenu.

Herbert nous rejoignit d'un pas guilleret. Quelqu'un lui avait prêté un pull et il paraissait maintenant en meilleure forme que moi. En fait, il était redevenu tout à fait lui-même. C'est-à-dire tout à fait impossible.

« Salut, Nick ! me lança-t-il en souriant.

— Tu te sens mieux, Herbert ?

— Tim, me corrigea-t-il. Cette affaire est la plus importante de Tim Diamant. Elle va me rendre célèbre. L'homme qui a attrapé Johnny Powers !

— Et moi ? demandai-je.

— Tu m'as bien aidé, petit. Je crois même que je te donnerai une part sur la récompense. Et puis j'oublierai les cinq livres que tu me dois, promit mon frère en me tapant gentiment sur l'épaule. Le British Museum va me payer généreusement pour avoir retrouvé le perroquet violet, ajouta-t-il. Au fait, où est mon vase ? »

Il s'assit sur le banc tout en parlant. Mais il était si enivré d'orgueil qu'il ne regarda pas ce qu'il faisait, ni où il se posait. Ses fesses s'encastrèrent juste dans le rectangle de la boîte. Le carton plia. À l'intérieur quelque chose éclata. Le visage d'Herbert perdit toutes ses couleurs.

Le perroquet violet avait été volé à Camden, transporté à Wapping. Il avait survécu à une explosion et à une inondation. Mais il n'avait pas résisté à Herbert.

Herbert s'était tout simplement assis dessus.

18

VERSION FRANÇAISE

L'histoire se termina exactement comme elle avait débuté, avec un cours de français, par un chaud après-midi.

IT WAS A SUNDAY MORNING AND IT WAS HOT. ANTOINE AND PHILIPPE WERE IN THE FIELD. THEIR FATHER WAS ASLEEP IN A GARDEN CHAIR. SOMEONE CALLED THEM FROM THE OTHER SIDE OF THE FENCE. IT WAS THEIR GRAND MOTHER.

« DO YOU WANT TO PLAY FOOTBALL ? » SHE ASKED.

L'exercice était inscrit sur le tableau noir et nous devions le traduire à voix haute. Palis appelait un nom et une pauvre victime se levait et lisait la phrase en bafouillant. On ne pouvait s'asseoir avant d'être arrivé au point suivant. Pourquoi les exercices de version sont-ils aussi stupides ? Vous suez sang et eau pour traduire un texte dans votre langue, et vous vous apercevez à la fin qu'il n'en valait pas la peine. Par chance, j'avais lu celui-ci la veille, chez moi, et si Palis me questionnait, je pourrais me débrouiller.

« Sington ! appela le professeur.

— Heu... *C'était un dimanche matin et...* heu... *il était tiède.*

— *Il faisait chaud.* Petit sot ! »

Quelques jours avaient passé depuis notre sauvetage de la *Pénélope*. Dans les journaux, l'information avait glissé des gros titres de la une à un commentaire en page deux, puis à un simple entrefilet en page trois. De toute façon, la presse en avait dévoilé moins qu'elle n'en savait. Tout d'abord, personne n'avait mentionné mon rôle ni celui d'Herbert. Snape y avait veillé en faisant valoir je ne sais quel décret. Il affirmait qu'il valait mieux pour moi ne pas être impliqué dans l'affaire. Ça valait mieux pour tout le monde, à mon avis. Qu'aurait pensé le public britannique de sa police en apprenant qu'elle avait

Kilroy
was here

exercé un chantage sur un écolier ? Que ce n'était pas très britannique, sans doute.

« Asseyez-vous, Sington. Goodman !

— Moi, monsieur ?

— Oui, vous Goodman.

— *Antoine et Philippe étaient dans le champ,* monsieur. »

Finalement j'avais quand même eu droit à quatre lignes dans quelques quotidiens nationaux. On disait que j'avais été libéré de Strangeday Hall « à la lumière de nouvelles preuves ». En d'autres termes, j'étais blanchi, mais Snape et les autorités s'arrangèrent pour que mon nom ne soit pas trop cité.

« Hopkins ! appela Palis.

— *Leur père dormait dans une chaise longue.*

— Parfait. »

Bien entendu, mon retour à l'école m'avait valu l'attention de tous. Le principal avait prononcé un petit discours sur moi pendant le rassemblement. Et tout le monde avait raconté de bonnes blagues. Mais c'est curieux comme les gens oublient vite. Au bout de quelques jours, tout était redevenu normal. Sauf mes devoirs de rattrapage, bien entendu. J'en avais assez pour rattraper un retard scolaire de débile mental. Mais je n'étais plus le héros. Je n'étais même pas sûr de l'avoir jamais été.

Palis n'avait pas changé, lui non plus. Fidèle à lui-même, il aimait toujours lancer des remarques sarcastiques et pincer les oreilles. Depuis mon retour, c'est à peine s'il m'avait adressé la parole, comme s'il voulait oublier la soirée que nous avions passée ensemble. Je n'avais mentionné son nom à personne, ni l'aide qu'il m'avait apportée, devinant qu'il préférait la discrétion. Mais il aurait au moins pu me dire qu'il était heureux de me retrouver en vie.

« Simple ! »

Il venait d'appeler mon nom. Je me levai d'un bond. Il faisait chaud et étouffant dans la classe. Le soleil m'éblouissait. J'avais dû mal à me concentrer sur les mots inscrits au tableau. Voyons... *Somebody called them from the other side of the fence.* « Quelqu'un faisait quelque chose de l'autre côté d'une *fence,* une palissade. »

« *Quelqu'un les appela de l'autre côté de la palissade*, dis-je à haute voix.

— Exact. C'est bien, Simple. À vous, Buckingham ! La phrase suivante. »

Je m'assis.

Ma tête cognait et je sentais la sueur perler sur mon front. Je crus que j'étais malade. Mais non, c'était autre chose. Autour de moi les voix se mêlaient dans un brouhaha confus. Je me forçai à lever les yeux et à les fixer sur le tableau. Quelque chose m'avait choqué. Une erreur ? Non.

SOMEBODY CALLED THEM FROM THE OTHER SIDE OF THE FENCE.

« QUELQU'UN LES APPELA DE L'AUTRE CÔTÉ DE LA PALISSADE. »

Fence ! C'était ça. Je venais moi-même de prononcer le mot.

The fence, « la palissade ».

Palissade.

Palis.

Non, c'était absurde. Une simple coïncidence. Je regardai le professeur de français. Il s'adressait à un autre élève mais ses yeux étaient fixés sur moi. Et puis soudain un sourire cruel étira ses lèvres.

Alors tout s'éclaira. « Palis et palissade. » *The Fence*. Ce ne pouvait être personne d'autre.

Lors de sa première visite, Snape m'avait dit que Fence pouvait se cacher derrière un personnage ordinaire : un banquier ou un commerçant. Pourquoi pas un professeur ? Quelle meilleure couverture que tous ces après-midi libres et ces longues vacances ? Soudain je compris que Snape devait le soupçonner depuis le début, et cette pensée me pétrifia. Sinon, pourquoi m'aurait-il choisi pour faire son sale travail ? Il avait dû deviner que Powers chercherait à s'évader de Strangeday Hall, et espérer que je m'enfuirais avec lui. Cela expliquait sa présence sur les lieux, la nuit de notre évasion. En tout cas, si mes suppositions causaient ma mort, cela prouverait seulement que Snape avait eu raison depuis le départ.

Palis...

Pièce après pièce, le puzzle se reconstitua. Dès le commencement, à Woburn, les connaissances de mon professeur de français en matière d'art et d'antiquités m'avaient surpris. Mais quoi de plus normal pour un receleur professionnel ! J'avais également remarqué des ouvrages sur l'art, dans son appartement. C'étaient ses devoirs à lui.

Et je m'étais mis à sa merci en me réfugiant chez lui. Pour une fois, j'avais été injuste envers Herbert. Ce n'était pas lui qui avait vendu la mèche à Johnny Powers. Mais moi. J'avais tout raconté à Palis, je lui avais tout confié sans lui laisser le temps de se dévoiler. Car il se serait dévoilé. En me sauvant de la police, il m'avait expliqué qu'il avait une raison de le faire, et cette raison était qu'il me croyait de son côté. En me taisant, je l'aurais incité à parler. Il m'aurait tout raconté. Mais comme un idiot je lui avais livré ma tête sur un plateau.

Rien d'étonnant à ce qu'il ait été pressé de quitter Wapping, après m'y avoir conduit. Il connaissait l'existence de la bombe, puisqu'il avait téléphoné à Powers dans la nuit. C'était cela le tintement et la voix que j'avais intégrés dans mes rêves. On avait tiré ce pauvre Herbert de son lit à cause de moi. Palis avait tout organisé de sang-froid. Il m'avait conduit là-bas en sachant parfaitement que ce serait mon dernier voyage... du moins en un seul morceau.

Dans le souterrain aussi, j'aurais dû deviner. Powers m'avait accusé de travailler pour la police. Comment l'aurait-il appris ? Certainement pas par mon frère. Ni par moi. Il ne restait qu'une personne, la seule qui fût au courant :

Palis...

Le claquement des livres et des pupitres que l'on refermait me ramena au présent. Je consultai l'horloge. Trois heures et demie. La fin du dernier cours. Des élèves couraient déjà dans les couloirs. Le collège allait se vider. Quel était le plan de Palis ? Savait-il que je savais ? Je l'observai attentivement et mes doutes s'envolèrent. Il m'avait demandé de traduire cette phrase comme un défi. Il était perdu et il le savait. Mais il projetait de m'entraîner dans sa perte.

« C'est tout pour aujourd'hui, dit-il à la cantonade. Malheureusement je ne serai pas des vôtres la semaine prochaine. En réalité, je vais prendre des vacances, de très longues vacances. Je ne reviendrai pas. »

Un murmure de désappointement parcourut la classe. Feint, bien entendu. Personne n'aurait été fâché de le voir dégringoler d'une falaise.

« Vous pouvez partir, reprit Palis. Tous, sauf Simple. »

Ces trois derniers mots tombèrent aussi sèchement qu'un couperet.

Mes doigts se crispèrent sur ma table. Mes camarades se levèrent et commencèrent à se diriger vers la porte. Palis glissa sa main sous son veston. C'était un geste naturel mais je ne doutais pas de ce qu'il dissimulait. Que faire ? Si je m'enfuyais vers la sortie, il ouvrirait aussitôt le feu, sans se soucier de blesser des innocents. Mais, une fois seul, je n'aurais plus aucune chance. Le lendemain mon nom paraîtrait encore dans les journaux... à la rubrique nécrologique.

Il me restait un dernier espoir. Palis s'était plus ou moins démasqué. Il savait que je savais. Mais savait-il que je savais qu'il savait que je savais ? Cela vous paraît peut-être embrouillé, mais pour moi c'était clair.

Je me levai et marchai d'un air innocent jusqu'à son bureau. Un paquet de cahiers d'exercices était empilé entre nous. Je posai mes mains dessus. Il ne restait plus que sept ou huit élèves dans la classe, groupés devant la porte.

« C'est au sujet de la version, monsieur ? demandai-je.

— Non, Simple. »

Il tressaillit. Sans doute se demandait-il si j'étais plus stupide qu'il l'avait cru. C'était exactement ce que je voulais.

« J'ai fini tous les devoirs que vous m'aviez donnés, monsieur, poursuivis-je.

— Ce n'est pas non plus pour cela, Simple. »

Je feignis de me gratter le nez pour glisser un coup d'œil vers la porte et m'assurer que la voie était dégagée.

« Alors pour quoi, monsieur Palis ? »

En disant cela, je jetai mes deux mains en avant. Palis commençait déjà à sortir son arme, mais je l'avais pris par surprise. La pile de cahiers le frappa en plein visage et lui fit perdre l'équilibre. Je m'élançai et atteignis la porte avant qu'il se fût redressé. Mais il réagit très vite et une balle fracassa le chambranle de la porte au moment où je passais.

J'étais dehors, mais pas sauvé. L'arme de Palis était équipée d'un silencieux. Personne n'avait entendu le coup de feu. Personne ne se doutait de ce qui se passait. Je regardai à droite et à gauche. La sortie principale était encombrée d'une foule d'élèves, qui s'écoulaient peu à peu dans la cour. Je fonçai dans la direction opposée et zigzaguai dans le couloir. Arrivé à un angle, je heurtai un extincteur. La deuxième balle toucha l'extincteur avec un bruit métallique. Je tournai l'angle du couloir et percutai Snelgrove qui sortait de sa classe.

« Simple... ! » s'exclama le professeur d'histoire.

Palis tira encore. La balle perfora six volumes de l'*Histoire du Moyen Âge* avant de s'enfoncer dans l'épaule de Snelgrove. Celui-ci poussa un cri et s'écroula. Je l'enjambai et repris ma course.

J'arrivai devant un escalier, que je grimpai quatre à quatre. Je venais d'atteindre le premier palier lorsqu'une photo encadrée, représentant une ancienne équipe scolaire de cricket, explosa contre le mur au-dessus de mon épaule. Cela me donna un regain d'énergie et je volai jusqu'au deuxième, puis au troisième étage. Une question commençait à m'obséder : où était Snape ? S'il soupçonnait Palis, il devait rôder dans les parages. Ou alors l'inspecteur-chef espérait autant me voir mort que Fence.

Le dernier étage du collège était réservé aux laboratoires de biologie et de physique. Les cours avaient dû finir de bonne heure car toutes les salles étaient vides. Il n'y avait aucune issue, ni aucun témoin. Palis le savait fort bien. Il montait les marches plus lentement, d'un pas pesant. Je franchis sans bruit une porte à double battant et traversai sur la pointe des pieds le labo de biologie. Un rat disséqué me regarda passer dans un bocal de verre. Un squelette grimaçait à côté d'un bec Bunsen. Palis me repéra. Il y eut un nouveau coup de feu étouffé, qui troua le crâne du squelette, juste entre les deux orbites. Je plongeai derrière le comptoir et avançai à quatre pattes. La table de travail occupait presque toute la longueur de la salle. J'avançai d'un côté, Palis de l'autre. J'entendais ses pas mais je ne le voyais pas. Je n'osais pas regarder.

Il y avait des étagères sous le comptoir, près du

sol. Des rangées de flacons s'y alignaient, remplis de liquides multicolores. J'en pris un et le débouchai. L'odeur me fit larmoyer. Palis s'arrêta. Il respirait bruyamment. Je calculai qu'il devait se trouver à quelques mètres, de l'autre côté du comptoir. Je me dressai. Il était là, en effet, juste devant moi. Il tira. Je lançai le flacon.

Sa balle me troua le bras avant d'aller se ficher dans le mur. Mon flacon s'écrasa sur son visage et tout le liquide se répandit sur lui. Palis poussa un hurlement et porta les mains à ses yeux. Un filet de fumée s'échappa de ses doigts. Je pressai d'une main ma propre blessure et sortis du laboratoire en titubant.

Une autre porte s'ouvrait juste en face. Toujours en serrant mon bras blessé, je la franchis en courant et grimpai un nouvel escalier, sans savoir où il menait. Je voulais juste creuser autant que possible la distance entre Palis et moi. Dieu sait ce que je lui avais lancé dans les yeux. De l'acide sulfurique ? Très mauvais...

Les marches conduisaient sur le toit. Je ne pouvais pas aller plus loin. C'était une terrasse plate, de la taille d'un court de tennis, avec un à-pic de vingt mètres de chaque côté. Un point positif cependant : j'entendais hurler des sirènes de police. Je regardai en bas et aperçus les premières voitures foncer vers le collège. Il y avait encore beaucoup de personnes dans la cour, auxquelles se mêlèrent bientôt des policiers armés, qui prirent position autour du bâtiment. Comme d'habitude Snape arrivait en retard. Mais il était quand même là.

« Simple... »

Palis se tenait devant la porte. Il essayait de braquer son arme sur moi. Il était dans un état épouvantable. Des marques de brûlure lui zébraient le visage. Un œil était fermé, l'autre injecté de sang et fixe. La moitié de ses cheveux semblait avoir fondu.

« Tu as tout détruit, souffla Palis. Mon organisation... l'œuvre de toute ma vie.

— Vous êtes perdu, Palis. C'est votre dernier poste.

— Oui. Mais tu vas finir avec moi, Simple. J'aurai au moins cette satisfaction. »

Palis pressa la détente. Rien ne se produisit. Il avait déjà tiré six balles. Le barillet n'en contenait pas sept.

Palis poussa un cri et chargea. Il fonça sur moi comme un taureau sauvage. Je me jetai sur le côté. Incapable de freiner son élan, il bascula par-dessus le toit et tomba en chute libre sans cesser de crier. Puis son cri se tut. Je marchai jusqu'au rebord du toit pour jeter un coup d'œil en bas. Le spectacle n'était pas très joli. Palis avait eu une fin atroce, mais assez appropriée.

Fence, la Palissade, s'était empalé sur une palissade.

Dix minutes plus tard, je ressortis de l'école, mon bras droit le long du corps, inerte, et ma chemise imbibée de sang. On voulut me transporter sur une civière mais je refusai. Je préférai marcher sur mes propres jambes.

De Woburn à Strangeday Hall, jusqu'à ce jour, l'aventure n'avait pas été une partie de plaisir. Mais j'étais toujours en vie, et plus ou moins intact. Rien d'autre ne comptait. Parce que, finalement, la vie n'est pas si mal quand on ne se laisse pas abattre. Et malgré les nombreuses raisons que j'avais de m'en plaindre, je comptais bien profiter de tous ses avantages.

TABLE

« Pour l'éditeur, le principe est d'utiliser des papiers composés de fibres naturelles, renouvelables, recyclables et fabriquées à partir de bois issus de forêts qui adoptent un système d'aménagement durable. En outre, l'éditeur attend de ses fournisseurs de papier qu'ils s'inscrivent dans une démarche de certification environnementale reconnue. »

Édité par la Librairie Générale Française - LPJ
(58, rue Jean Bleuzen, 92170 Vanves)

Composition Jouve
Achevé d'imprimer en France par CPI (151035)
Dépôt légal 1re publication : octobre 2014
28.8892.5/03 - ISBN : 978-2-01-002365-1
Loi n° 49-956 du 16 juillet 1949 sur les publications destinées à la jeunesse
Dépôt légal : janvier 2019